嘘から始まる溺愛ライフ

Mihane & Haruki

有涼汐

Seki Uryo

エタニティ文庫

目次

嘘から始まる溺愛ライフ

第一章　迎え梅雨（づゆ）

幼いころ夢見ていた未来はいったい何だったんだろうか。

瀬尾実羽（せおみはね）は空に溶けていく白い煙をぼんやりと見つめながら考えた。

あの煙は祖母のものだ。

祖母は先日、誤嚥（ごえん）性肺炎が原因で亡くなった。もう九十歳近かったので寿命だろう。

今、実羽は火葬場に一人、立ちつくしている。

母方の祖母に会ったのは、実羽が五歳の時。祖父が他界した、その通夜（つや）の席だった。

母は駆け落ちで父と一緒になり、それまで実家に一度も戻らずにいたからだ。

祖母にはきょうだいがおらず、母の他に子どももいない。祖父の親戚とも付き合いがなかった。そのため祖母を心配した母は、祖父の死を機に父と実羽と共に実家に戻ることを決めたのだ。父との結婚を反対していたのは祖父なので祖母は歓迎してくれ、以来、祖母と一緒に暮らしていた。その母も、三年前に父と一緒に交通事故で他界してしまった。

二十七歳にもなってと思うが、一人きりになってしまった不安に、そっと目を伏せる。子どものころのことを思い出そうとしてしまうのは、寂しいからかもしれない。

しばらくそうしていた後、もう帰ろうかと、気持ちを切り替えて顔を上げた。

祖母の遺影と遺骨を持ってタクシーに乗り自宅の一軒家に戻る。すると、家の前に一人の男性が立っていた。仕立てのいいスーツを着込んだ神経質そうな男性だ。

「あの……」

声をかけると、その男性が振り返った。

「瀬尾実羽様でしょうか？」

名前を呼ばれるが、実羽は彼に見覚えがない。思わず眉をひそめ、不審な目を向けた。

「……どちら様ですか？」

「失礼いたしました。私、宮島家の当主、宮島錬太郎の秘書をしております松崎という者です。本日は錬太郎より実羽様にお願いごとを申しつかって参りました」

「宮島錬太郎？」

松崎と名乗る男が出した名前に覚えはない。

実羽が訝しげな顔で見ると、彼は懐から一枚の写真を取り出した。

「これは？」

「あなたのお父上がまだ宮島家にいたころのご家族の写真です。ご覧になってください」

言われるままに少し色褪（いろあ）せた写真を見つめる。実羽はそこに写る人々の顔を順番に辿（たど）った。

確かにそこには若いころの父らしき人が写っている。

中央には一家の当主であろう人物が、その隣には父によく似た男性がいた。

「錬太郎は、あなたのお父上の兄になります」

「え？」

突然のことに、実羽は驚きを隠せず目を瞬（しばた）かせた。

何せ、今まで連絡したことのない伯父からの接触だ。いったい、何の用だというのか。

駆け落ちした父を捜しにきたのだとしたら、三年遅かった。

「立ち話も何ですので、どこか場所を移しませんか？」

松崎にそう言われ、実羽は迷ったものの大人しくその後についていくことにした。

「少し待っててください」

実羽は自宅に骨壷などを置いて、喪服から普段着に着替えた。

自分がまだ天涯孤独ではなかったことを喜ぶべきだと思う。

けれど、何があっても連絡を取るなと言うくらい両親が父の実家を嫌っていたのを思うといやな予感がした。そもそも父が捨てた家だ。今さら、実羽の存在を歓迎するとは思えなかった。

松崎と一緒に駅前の喫茶店に入る。

適度に混んでいて騒がしく、今の実羽の気分にはうってつけかもしれない。

「何をお飲みになりますか？」

「カフェラテを一つ」

店員に注文を済ませた松崎が、例の写真をもう一度実羽の目の前に置いた。

「あなたのお父上が宮島家の次男だということは、信じていただけますでしょうか？」

「はあ……」

確かに、写っているのは若いころの父のようだし、家族写真に違いないように思える。

ただ気になったのは、中央に座っている人物だ。この一家の当主らしいその人を、実羽はどこかで見たことがあるような気がした。

「どうしましたか」

「いえ、……あの、この中央に座っているのは？」

「宮島家先代当主の幸太郎（こうたろう）です。幸太郎はあなたの祖父にあたる方です」

実羽は写真を手に取って、じっと見つめる。

そして、この人物をどこで見たのかを思い出した。

三年前、両親が亡くなった数日後に家を訪ねてきた人物だ。

二階にある自室で泣いていた実羽は一瞬見ただけで会話もしなかったのだが、彼は祖母と一階のリビングで話し込んでいたのを覚えている。

あの時は誰なのか不思議に思ったけれど、写真の人物とあの時の男性が同一人物ならば合点がいく。

祖父は父が亡くなったのを何らかの方法で知って、訪ねてきたのだろう。

もしかしたら連絡を取り合っていなかっただけで、実羽たちが祖母の家で暮らしていることをもっと前から知っていたのかもしれない。

実羽は写真をテーブルの上に置いて、松崎の顔を真っ直ぐ見据える。

「名刺、いただけますか？」

「これは失礼しました。改めまして松崎です」

「頂戴いたします」

受け取った名刺を見て、実羽は思わず眉間に皺を寄せてしまった。慌ててぐりぐりと皺を伸ばす。

名刺には実羽でも知っている有名な一流企業の名前が書かれていた。

「宮島コーポレーション……」

先ほどから何度も宮島と耳にしていたけれど、まさか一流企業の宮島コーポレーションだったとは考えもしなかった。

実羽の呟(つぶや)きを聞いた松崎が説明する。

「錬太郎は宮島財閥の当主になります」

そう淡々と説明されても、俄(にわ)かには信じがたい。

父は穏やかで争いごとを好まない人だった。絵を描くのが好きで、母と出会った時に描いた〝夜空の花〟という作品が賞を取ったのを機に画家になったそうだ。もっとも、画家になるきっかけを作った母との結婚を反対されたことが駆け落ちの原因らしいが……

そんな父が大財閥の人間だなんて思えなかった。

しかし、松崎が嘘を言っているようにも見えない。

「幸太郎が数日前に亡くなったので、当主を錬太郎が継いだ形です」

「そう、ですか」

祖父が亡くなったと聞いても、何の感情も湧かなかった。実羽には関係ないことだ。

松崎の話は一向に要領を得ず、実羽は少し苛立(いらだ)った。

「それで？　いったい私に何の用なのです？　遺産の話ですか？」

祖父の遺産を放棄しろという話なら、松崎がわざわざ実羽のもとに来たのも理解できる。

「いえ、そうではございません。錬太郎があなたに会いたいと言っているのです」

「それなら、ご本人が会いにくるべきなんじゃないんですか？」

「あいにく錬太郎は多忙のため自宅を離れることが難しいので、私が代理であなたをお迎えにあがりました」

言いたいことはわかるが、実羽の予定を軽んじられているようで気分が悪い。

吐き出そうになる毒を必死に我慢し、ギリッと歯を食いしばった。

「そう、ですか……」

実羽がやっとのことで、それだけを口にすると、松崎は伝票に手を伸ばした。

「それでは行きましょうか」

「はい？」

彼は立ち上がり、さっさとレジに向かう。実羽は慌てて追いかけ、自分の分のお金を松崎に差し出した。実羽の小さなプライドだ。

「奢っていただかなくて結構です」

「……わかりました」

受け取らないと言われるかと思っていたのだが、松崎はすんなりとお金を受け取る。

「近くに車を停めてありますので」

そして、彼は駅近辺の駐車場に向かって歩き出した。

どこに行くとも告げない彼の背中を実羽は追う。

一瞬、名刺を貰ったとはいえ知らない人間の車に乗ってもいいものかためらったが、それ以上に伯父の用件というのが気になる。

松崎がどこかに電話しているのを横目で見てから、実羽は下を向き小さくため息をつく。

なぜこんなに憂鬱（ゆううつ）な気分なんだろう。

ただ伯父が自分を心配して会いたいと思っているだけ、という可能性もあるのに。

「どうぞ」

顔を上げると、松崎が黒い車の後部座席のドアを開けていた。

実羽は心の中で「大丈夫」と自分に言い聞かせ、強く手を握りしめながら車に乗り込んだ。


車で一時間ほど移動し、着いた場所は高級住宅街の大きな屋敷の前だった。

「錬太郎の自宅です」

口をぽかんと開けた実羽に松崎が説明する。

こんな大邸宅に自分の伯父が住んでいるのかと改めて驚いた。

大きな門をくぐり、広大な庭園を横目に砂利（じゃり）道を歩く。

松崎の後について屋敷に入り、書斎に通された。

「実羽様をお連れしました」

部屋の中央には、父に似た男性と派手な化粧をした女性がいる。

「ああ。……座りなさい」

見た目だけではなく声も父に似た男性が実羽に椅子を勧めた。

「失礼いたします」

目の前の二人の冷たい眼差し(まなざし)を見て、実羽はわかっていながら落胆した。そして、自分が心のどこかで期待していたことに気づく。肉親として少しでも歓迎してもらえるのではないかと思っていたのだ。

自分に呆(あき)れてしまう。

二人の態度からは、会わなくて済むのなら会いたくなかったという気持ちがありありとわかる。

「いやだわ。従姉(いとこ)ってだけあって、似てる」

「本当だな。これなら、何とかなるだろう」

女性は実羽を一瞥(いちべつ)して目を背(そむ)け、男性はどこか満足そうに頷(うなず)いた。二人は実羽を無視して話をする。

実羽の眉間に皺(しわ)が寄った。

しばらくして、やっと伯父がこちらに視線を向ける。

「お前に頼みたいことがある」

「……どこのどなたか知らない人に頼みごとをされても引き受けられません。まず挨拶からじゃないんですか？」

挨拶も自己紹介もなく本題に入ろうとする態度に、実羽は腹が立った。

そんな頼み方で人が従うと思っているのだろうか。

「まあ、旦那様に何て口の利き方をするんでしょうね」

「……お前の父親の兄、錬太郎だ。先日父が亡くなったため、宮島家当主になった。これは私の家内だ」

家内だと言われた女性は、ふんっと顔を横に背ける。〝お前に名乗る名などない〟といったところだろう。

「そうですか。私は瀬尾実羽です」

苗字を強調して言う。自分は宮島家とは関係のない瀬尾の家の者だと伝えたいからだ。

そして、胸を張り手にぐっと力を込めながら、実羽は伯父を見据えた。

「それで、今まで会ったことのない伯父が、私に何の用なんですか？」

全く面識のない姪に何かを頼もうとする神経は凄いものだ。実羽には真似できない。

実羽が呆れ顔になっているのに気づいているのかいないのか、伯父は脚を組みながら口を開いた。

「我が社の大口の取引先であり、父が懇意にしていた大倉（おおくら）財閥の孫と生活してもらいたい」

「はぁ!?」

住み込みの家政婦を探しているのだろうか。だとしても意味がわからない。わざわざ実羽に頼む必要などないはずだ。

伯父の言っていることを理解できないでいると、伯母が横から口を挟んだ。

「簡単なことよ。うちの娘に代わって数ヶ月、ある男性と生活してほしいってだけだから」

案の定何を言っているのか理解ができない。実羽はますます、不愉快になっていく。

「もちろんタダとは言わない。君は一人だろう? こちらのほうで金銭面の援助をしよう」

「お二人が仰（おっしゃ）っていることが全く理解できませんし、したくありません。私は働いてますので一人で生きていけますから」

実羽に経済的な問題はない。

両親の事故死による慰謝料と保険金があるし、祖母が一軒家を残してくれている。

さらに今際（いまわ）の際の祖母から、実羽名義の通帳と判子を渡されていた。そこには三年前から少しずつ入金された三百万円以上の貯金がある。

　もしかしたら、先日亡くなったという宮島家の祖父が実羽に残してくれたものなのかもしれない。

　というのも、入金が始まったのが両親の亡くなった一ヶ月後だったからだ。そうでなければどうやって祖母が三百万円もの金銭を捻出できたのかわからない。

「そもそも、何で私がその男の人と生活しなければならないんですか？」

「文句を言うなんて生意気な子ね。まあ、あの女の娘ですもんね」

「人の母のことを〝あの女〟なんて呼ぶのはやめてください。失礼すぎます」

「あら、本当のことよ」

　伯母の言い草に、実羽はわなわなと身体を震わせた。

　今すぐにでもこの部屋にあるもの全てを壊して殴りかかりたい。

「こら、よさないか」

　このままでは実行してしまいそうなので、帰ろうと実羽が立ち上がろうとした時、伯父が割って入った。

「生意気な態度を取るほうが悪いんですよ」

「いい加減にしなさい。話が進まなくなる」

　伯父の一言で、伯母は不機嫌そうながらも口を閉ざす。実羽としては、もう口を開かないでほしかった。そうでなければ、何かを投げつけてしまいそうだ。

冷たい目で伯母を見ていると、伯父がため息をついてソファに座り直す。

「……、政略結婚というほどのものではないが、娘の美麗……君の従妹には婚約者がおってな。結婚前に試しに同居を——ということになったのだが、まあ、娘はお転婆でね」

お転婆という言葉で濁しているようだけれど、どうやら美麗という名の従妹は結婚がいやで逃げ出したらしい。その、従妹の代わりを実羽に頼みたいのだろうか。

「従妹に代わって嫁げということですか？　こちらの家と関係のない私が嫁に行っても意味がないと思いますけど」

「いいや、実際に嫁ぐのは美麗だ」

「……私に何をさせたいのかわかりません。まだ、従妹の代わりに嫁げって言われるほうが理解できる」

「あなたのような一般人が、財閥に嫁げるわけありません」

またしても伯母が話の腰を折る。実羽は頭が痛くなって、こめかみを押さえた。

「社長。私のほうから説明しても？」

「そうだな。松崎頼む」

さすがに埒が明かないと思ったのか、すぐ傍で静観していた松崎がスッと実羽の目の前に立つ。そして、伯父に代わって説明を始めた。

どうやら、祖父同士の約束で大倉家の者との結婚が決まったが、結婚の直前、美麗がどこかへ消えたそうだ。

この話には会社の利益が絡んでおり、反故にするわけにはいかない。そこで、美麗を捜す間、代わりに実羽を大倉の孫と同居させようということだ。

「別に同居……と言うか、同棲する必要があるように思えないけど……」

「それが、大倉家のご当主が今すぐにでもお二人を一緒に暮らさせたいと熱望しているのです」

「なぜ？」

「有体に言えば、早くひ孫が欲しいからだそうですよ」

何て理由だと、実羽は叫びそうになった。

確かに、さっさと同棲させて二人の距離を近づけてしまえば手っ取り早い。けれど、当人の気持ちや都合を無視した乱暴なやり方でもある。

「病気で療養してると言えばいいのでは？」

「それも考えたのですが、見舞いに来ると言われそうでして。一ヶ月程度なら誤魔化すことも可能ですが、それ以上延びると不審がられますので却下されました」

松崎は、淡々と言葉を紡いでいく。

「いやいや、他に何か手があるでしょうよ。私を身代わりにするなんていう無茶で無謀なことしなくたって」

彼らの身勝手さに口調がだんだん荒くなっていく。

「いろいろな案が出ましたが、結局、数ヶ月美麗様の捜索をしている間だけ、入れ替わってもらうというので落ち着きました」

何でそんなことがうまくいくと思えるのか、実羽には理解できなかった。そもそも、従妹が数ヶ月で見つかるという保証や根拠がどこにあるのだろう。

わざとらしく盛大にため息をつきながら、投げやりな口調で尋ねる。

「私と美麗さんは似てるんですか？」

「こちらが美麗様のお写真です」

松崎が手帳から写真を取り出して実羽に差し出した。

渡された写真を眺めてみるが、どう見ても似ていない。決定的に雰囲気が違う。写真に映し出されている従妹は伯母同様とても煌びやかで美しい。それに比べて、実羽は地味だ。

訝しげな視線を松崎に向けると、彼はもう一枚写真を出した。

「そしてこちらが、以前ご友人の結婚式の二次会に出席されたあなたのものです」

それは一年ほど前の写真だった。

花嫁に「顔盛ってきて！」と乞われて、普段よりも派手な化粧で参加した時のものだ。

その派手な化粧時の実羽は確かに美麗にとてもよく似ている。

「化粧をしているあなたは美麗様と似ています。先方は美麗様と直接会話をしたことがありませんし、入れ替わりも可能かと。もちろん、美麗様が戻ってきた時のためにいろいろしていただくこともあります」

「と言うか、美麗さんが本当に戻ってくるという確証はあるんですか？」

実羽がもっともなことを尋ねると、突然伯父が口を挟んだ。

「あの子は三ヶ月ともたん」

「はい？」

すかさず、松崎が補足する。

「美麗様は以前にも、何度か家出をしていらっしゃいます。けれど、三ヶ月もったためしがありません。それに、現金を持ち歩く習慣がありませんので、見つけるのは容易いかと。クレジットカードを使えばすぐに居場所はわかりますから。ですから、実羽様には、最長三ヶ月、大倉様のお孫さんを誤魔化してほしいのです」

どうやら伯父たちは、三ヶ月程度であれば、どうにか相手方にバレずに入れ替わりが可能だろうと考えているようだ。

ようやく言いたいことはわかってきたが、その大倉財閥の男性はそんなに騙されやすい人間なのだろうか。

「どう考えたって、そこまでして入れ替わる必要を感じませんが……。それにもしバレたらどうするんですか？」

「それはお前が考えることではない。美麗の代わりに三ヶ月同棲して、帰ってくる。お前がやることはそれだけだ」

伯父は不遜に言い放った。その態度も、繰り返し呼ばれる〝お前〟にも腹が立ってくる。

「お断りします」

実羽は毅然と答える。

見た目はどうにか似せることができるかもしれないし、美麗の性格を教えてもらい同じように振る舞うことも可能かもしれない。そうして、相手とできるだけ接点を持たなければ、どうにかできる見込みはあるとは思う。

ただ、実羽にそこまでする義理はないし、したくない。

もう用はないと再び腰を上げかけた時、伯母が甘ったるい声で伯父に話しかけた。

「あなた、やっぱりアレを出したらどうかしら？」

「ああ、アレか……。松崎」

「かしこまりました」

伯父の言葉に頷いて、すぐに松崎がどこかへ行く。

〝アレ〟とはいったい何なのかわからないけれど、実羽はとりあえずもう一度腰を落ち着けた。

「あなた、確か中小企業にお勤めなのよね。お仕事はどうかしら、大変？」

「……ご心配なく、順調です」

とってつけたような世間話に、実羽は苛立ちを募らせる。

先ほど見せられた実羽の写真から考えると、自分のことは調べつくされているのだろう。会社や交友関係に手を出されるのではないかと、警戒心が湧く。

視線を合わせたくなくて、顔を下に向けていると、伯母の香水が強くにおってきた。

正直、鼻をつまみたい。伯父はよく平気だなと思う。

我慢が限界に近づいたころ、ようやく松崎が戻ってきた。布に包まれた四角い何かを持っている。

「お待たせいたしました」

「見せてやれ」

伯父に促され、松崎はテーブルの上にそれを置いて布をゆっくりと外す。

そこに現れたのは、真っ黒な背景の中で花を持った女性がやわらかく笑っている絵だった。

「これって……」

「〝夜空の花〟と言えばわかるか？」

伯父が薄ら笑いを浮かべて答えた。

「……っ」

実羽は息を詰まらせた。

何を見せられても動じるつもりはなかったが、その絵が何なのかわかり、言葉が出てこなくなる。

絵に触れようとして伸ばした指先が震えている。ギュッと一度力を入れて拳を握りしめた。そうして、ゆっくりと絵をなぞる。

これは父が画家になるきっかけになった作品で、描かれているのは母だ。思い入れのあるものだったが、駆け落ちの際に荷物になるから置いてきたと聞いていた。

この絵の話をする父はどこか寂しそうだったのを覚えている。それほど心残りだったのだろう。

まさか実物を見られるとは思っていなかった。嬉しさのあまり、涙が零れそうになる。

実羽は鼻を啜りゆっくりと呼吸しながら考えた。

この話に実羽にとってのメリットはない。その相手の男がどんな人間なのかもわからないし、バレた時、自分まで立場が悪くなる可能性は高い。

絶対に断ろうと思っていたのに、絵を見た瞬間に揺らいだ。

「この絵を私に渡す条件を教えてください」

「美麗のフリをして大倉の孫との同棲をやり遂げることだ。詳しいことは松崎に聞け」

それだけ言い、伯父は伯母を連れて部屋を出ていった。

実羽は目の前の絵をじっと見つめる。今すぐ持って帰りたい衝動に駆られた。

けれど、松崎が再び布で包んでしまう。

「少々お待ちになっていてください」

絵を抱えて出ていくのを、実羽はただ黙って見送る。

そして深いため息をつき、膝に肘をついて顔を覆った。

自分の決断が間違っていないかどうか不安になる。それでも父の絵のためなら頑張れる気がしたし、頑張りたい。相手の男は一応財閥当主の孫だ。そこまで変な人間ではないだろう。

しばらくすると松崎が戻ってきて、来た時よりも小さな黒い車に実羽を案内した。

「運転しながら、改めて説明させていただきます。また、詳しいことは書面にしてありますので、そちらもご確認ください」

後部座席の隣に目をやると封筒が置いてある。松崎はそれのことを言っているらしい。

「現在、我々は美麗お嬢様の行方を捜しております。見つかり次第契約は終了となりますが、三ヶ月以内には終わると思っていただいて大丈夫です。結婚式の予定を三ヶ月後に入れておりますし、美麗様の誕生日が三ヶ月後なのでちょうどよかったのです」

「結婚するのはあくまで美麗さんってことなんですね」

「はい」

聞かなければいけないことはたくさんあるはずなのに、何だか気力が出てこない。ぽつりと音が聞こえて窓の外に視線を向けると、雨粒が窓ガラスに当たっていた。

第二章　五月雨

一週間後、実羽は自宅でこれから始まる同棲のための荷作りをしていた。

荷作りといっても、段ボール二つと大きな鞄一つだ。生活してみて足りないものが出たら、取りに戻ればいいと思っている。

たった三ヶ月弱、たいした準備はいらないだろう。それに、財閥のお嬢様の美麗が好みそうなものはあまり持っていなかった。

あの後、美麗の写真を改めて松崎に見せてもらった。美麗は清楚なお嬢様というよりは濃艶なセレブといった感じの人だ。男性経験がほとんどない実羽には出せない色気がある。

彼女に似せるために、実羽は松崎に頼んで美麗の行きつけの美容院で彼女と同じ髪型にしてもらった。色も真っ黒からブルージュカラーに染める。

お洒落にそれほど興味がない実羽は、この時初めてブルージュカラーというのを知った。

約一週間かけて美麗に似せるための化粧の練習をし、松崎から手渡されたＤＶＤを何回も見て、美麗の立ち居振る舞いを覚えた。

もっとも、なぜか松崎は実羽が美麗を真似るのに非協力的だ。美麗が映っているDVDは実羽が何度も頼んでやっと持ってきたくらいだし、美麗の人となりを尋ねてもはぐらかされる。

不思議に思い、実羽が美麗ではないとバレてもいいのかと、松崎に聞いてみると「あなたが三ヶ月間、美麗様を演じ切れるとは思えないので。適度でいいのですよ」とシレッと答えられた。

やはり、松崎もこの計画には無理があることに気がついているようだ。もしかしたら、当座を誤魔化すことができれば、実羽よりも美麗のほうが魅力的なので、騙されていたとわかっても美麗を選ぶと思っているのかもしれない。

だとしたら、これから最低限は頑張ろうと思っている実羽に対して失礼な話だ。

松崎のそんな態度にもやもやしながらも、実羽は美麗になるための努力を続けた。

美麗を知れば知るほど、自分とは相容れない価値観、感性、趣味嗜好をしていることに気づく。

従妹とはいえ、育った環境がまるで違うのだ。好きになるものも、考え方も異なるのは当然だろう。

全ての準備を終えた引っ越し当日。その日は土曜日だった。

働いていない美麗本人ならともかく、会社勤めの実羽は土日しか引っ越し作業ができない。

実羽は派手な色のついたアイシャドウを使い、アイラインを濃く引いた。濃いめのチークに発色のいい口紅をつけ、普段より露出度の高い服を着て美麗そっくりになる。

心臓がばくばくと鳴っているのがわかって、落ち着けと何度も自分に言い聞かせた。

これから一生に一度の盛大な嘘をつく数ヶ月間が始まる。

目を瞑って息を整えていると、両親の遺影が目に入った。実羽は二人に笑みを作ってみせ、玄関に向かう。

小さな鞄を持って家を出ると、外は雨が降り出す寸前だった。曇天の下、松崎が車を停めて待っている。

「荷物はそれだけですか?」

「はい、これだけです」

「そうですか」

引っ越し業者は頼んでいないため、松崎が荷物を運んでくれることになっていた。

彼は実羽の荷物の少なさを見て、眉間に皺を寄せる。

美麗ならもっと多くのものを持ち込むのに、と思っているのかもしれない。

けれど、たかだか三ヶ月弱のために何か揃える気が実羽にはなかった。何か大倉の孫に聞かれたら、買って誤魔化せばいい話だ。

結局、松崎は何も言わず荷物を車に載せてくれた。実羽は彼に促され車に乗り込む。

一時間以上走り、高層マンションの前で停まった。

車を降りると両手足が微かに震えている。ぎゅっと手を握りしめ一度目を強く瞑って開く。すると突然、実羽の目の前に小さな紙袋が現れた。

「何!?　手品!?」

「そんなことあるわけがありません。あなたが周りを見ていないだけですよ」

松崎が呆れた視線をこちらに向けながら、紙袋を手渡してくる。

「これはある方から、あなたに渡すように頼まれたものです」

「ある方？」

「詳しくは言えません。あなたに一つだけアドバイスをしておきますが、人を騙すコツは必ず一つ真実を混ぜることです。それだけで信憑性が増しますからね」

「はあ……、何だかいろいろとありがとうございます？」

松崎が無表情のままするアドバイスは、どことなくズレている。それでも、彼なりの厚意なのだと実羽は思うことにした。

紙袋を受け取り、松崎の後についてマンションのエントランスへ向かう。

エントランスに入ると、そこはホテルと間違えてしまいそうなほど豪華な内装になっていた。フロントにはコンシェルジュが穏やかな笑みを浮かべて立っている。

松崎がフロントに近づくと、出入り口付近のソファに座っていた二人の男性が立ち上がり、実羽たちのほうへ歩いてきた。

「お前が宮島美麗？」

前を歩いていた男性が、無愛想に聞く。

「……あ、はい！　そうですが、あなたはどなた？」

呼ばれたことのない名前だったせいで、目が合っているというのに実羽は反応が遅れた。自分のことだと気がつき慌ててしまい、声が裏返った。

隣にいる松崎が呆れたような目でこちらを見てくるので、余計に焦る。

幸い、目の前の男性は特に不審に思わなかったようで、無表情のままだ。

気持ちを落ち着かせその姿をまじまじと見て、実羽は息が止まるほどの衝撃を受けた。

モデルのようにスラリとした長身に高い鼻梁、そして薄い唇。長い睫に縁取られた目は、青黒い海のようで、綺麗だがどこか寂しげだ。

十人いれば十人が、彼を美男子だと断言するに違いない。それほど彼は綺麗な顔をしていた。

彼が着ている仕立てのいいスーツを見て、この男性が自分がこれから一緒に暮らす人なのだと実羽にはわかった。

「……口が開いてるぞ」

「え、あ、すみません」

不躾にじっと見てしまったことに気がつき小さく謝ると、男性は怪訝な顔になった。いったい何だというのだ。もしかして、メイクが剥げているのだろうか。雨の日は化粧が崩れやすい。美麗に扮装するための濃い化粧が落ちてしまったのかと不安になる。

「俺が大倉晴樹だ。こっちは、第二秘書の春日井。ボディガードを兼ねてる。口と態度は悪いが、気にしないでくれ」

晴樹が隣に立つ男性を指差して紹介する。春日井は笑みを浮かべて頭を下げた。

「春日井です。よろしく。えーっと、引っ越し業者を呼んでないっていうから、荷物持ちというか手伝いで来たんだけど……」

春日井は辺りを見渡す。

「ああ、荷物なら車の中に」

松崎が、荷物の場所を答え、そしてそのまま春日井と二人で荷物を取りにいってしまった。

晴樹は不機嫌そうな顔で黙り込んでいる。

自分を歓迎していなさそうな男と二人きりになるのは居心地が悪い。実羽は密かにため息をついた。

もしかしたら晴樹のほうは美麗との結婚に乗り気なのかもと思っていたが、そんなことはなかったようだ。実羽としてはあまり積極的に仲よくされても困るのでちょうどいいけれど、けっして気分はよくない。

そっと顔を上げると、晴樹が首をくいっと動かして、実羽に命令した。

「来い」

「……はぁ」

傲慢な晴樹の態度に、眉間に皺(しわ)が寄りそうになる。彼にとっても不本意な婚約なのかもしれないが、仮にも婚約者に対して取る態度ではない。

それでも、父の絵のために大人しくしていようと思い、実羽は言われるまま晴樹についていく。

「頼む」

晴樹が声をかけると、話が通っていたのか、コンシェルジュが実羽にカードキーを渡してくれる。

「こちらが専用のカードキーとなります。エレベーターと部屋の鍵を兼ねておりますので、紛失されないようお気をつけくださいませ」

それを受け取り、晴樹と共にフロントの横にある機械の前に立った。駅の自動改札のようなそれに晴樹がカードキーをかざすとバーが開く。

「同じようにやれば通れる」

実羽が通ろうとすると、後ろに影ができた。驚いて振り向くと段ボールを持った春日井が立っている。

「社長。俺を置いていく気ですか？」

「遅いお前が悪い。二人ともさっさと来い」

急いで実羽もカードキーをかざし、春日井と一緒に綺麗に掃除された廊下を通ってエレベーターに向かった。

エレベーターに乗ると晴樹が簡単に説明をしてくれる。

「カードキーは上のところにかざして、降りたい階数……と、いっても他人の部屋がある階は押せないんだが……二十一階を押せばいい」

「わかったわ。ところで松崎さ……松崎は？」

説明を聞いた後に松崎がいないことに気づき、実羽は春日井に声をかけた。

「ああ、もう用事はないですし帰ってもらいました。何かありました？」

「いえ、問題ないわ」

美麗なら秘書に敬語を使わないだろう。つい敬語になりそうなのを気をつけながら、実羽は美麗らしい口調で話した。

エレベーターは静かに動き、すぐに二十一階に着く。

行った。フロアにはふわふわな絨毯(じゅうたん)が敷かれ、ドアは三つある。晴樹は奥の部屋の前まで

カードキーでドアを開け、晴樹がさっさと中へ入る。

実羽は春日井に促(うなが)され、部屋の中へ足を踏み入れた。

ここは、もともと晴樹が一人で暮らしているマンションなのだそうだ。二人で暮らせる程度の広さは十分にあるため、実家暮らしの美麗が晴樹のマンションにそのまま移るという話になったらしい。

だだっ広い玄関には、靴箱の上にぽつんと小さな小皿だけが置かれている。晴樹がカードキーをそこに入れたので、実羽も倣(なら)ってそこに自分のカードを置いた。

靴を脱いで、用意されていた内履きに履き替えると、晴樹が簡単な説明をしてくれる。

「こっちが風呂場、その隣がトイレ。反対側のこっちが俺の部屋で、その隣をお前のために空けた。後で確認してくれ。春日井、お前はその荷物を中に入れておけ」

「了解」

春日井は段ボール二箱と大きい鞄(かばん)を軽々と持って、実羽用の部屋に入っていく。

晴樹は奥の部屋に歩いていったので、実羽もそれに続いた。

奥の部屋はリビングだった。ソファや机など必要最低限のものは置いてあるものの、殺風景だ。

ソファの上に鞄を置いて辺りをきょろきょろと見回していると、晴樹に声をかけられた。

「随分と大人しいんだな」

実羽はドキリとして冷や汗をかく。

気をつけているつもりでいたが、美麗らしくないのかもしれない。

「……最初くらいいわね」

美麗らしい言葉でとりつくろってみたものの、何が正解かわからなかった。この殺風景なリビングを見て「つまらない部屋」ぐらい言ったほうがよかったのだろうか。

どうやって美麗らしく振る舞うか悩んでいると、リビングの扉が開き、春日井が顔を出す。

「えーっと、……美麗お嬢さん？　荷物運んでおいたんで確認お願いします。社長、俺そろそろ戻って平気っすか？」

「ああ、構わない。明日は頼む」

春日井は実羽を何と呼ぶか悩んで、結局〝お嬢さん〟にしたようだ。

確かにまだ婚約者なので、〝奥様〟ではない。それに春日井の言動を見るかぎり、〝様〟づけするタイプではないだろう。

「了解。それじゃあ、失礼します」

「ありがとう。お疲れさま」

帰ろうとする春日井に向かってそう言葉をかけた後、実羽は内心しまったと思った。

美麗が荷物を運んでもらったぐらいで、婚約者の部下にお礼を言うとは思えない。あえて悪い印象を与えて晴樹たちと距離を取るべきだった。

けれど、入れ替わった美麗がその後困る気もして――実羽の頭の中はぐちゃぐちゃになる。

春日井は特に実羽の様子を気にすることなく去っていき、リビングには重い空気が漂った。

普段の実羽なら、この空気をどうにかしようとべらべらとしゃべってしまうのだが、今は美麗なので口を噤む。

重苦しい雰囲気に息が詰まる。まだ晴樹と会って十分も経っていないのに、ストレスで胃が痛くなってきた。

晴樹が高級そうな腕時計を確認しながらソファに腰を下ろす。

「まだ六時過ぎか……。食事は七時にするが、構わないか？」

「大丈夫」

「そうか」

七時に夕飯にするのは構わないのだが、何を食べるかという相談はないのだろうか。

もっとも、問われたところで美麗らしい答えが出せたかはわからないが。

まさか今から作れと言い出すのではないかと、実羽は内心イラッとした。

そもそも晴樹は美麗に興味がないようだ。仕方なく話しかけているというのがありありとわかる。

晴樹は窓際に移動し、スマホで誰かに電話をかけた。

「食事を頼む。店は任せるが、七時に届けてくれ。ああ、よろしく」

電話を切ってこちらを向く。実羽はびくりと肩を動かしてしまった。

「聞いての通りだ」

「あ、ありがとう」

そしてまたお互い無言になった。

このまま二人で黙っていてもどうしようもないので、実羽はリビングをぐるりと見て回ることにする。晴樹に文句はないようで、特に何も言ってはこない。

改めて見ても、やはり殺風景な部屋だ。モデルルームをそのまま家具つきで使っている感じで、住人である晴樹の色が見えない。

唯一の特徴はキッチンのすぐ傍（そば）にある棚で、そこには多種多様なお酒が置いてあった。

晴樹はお酒が好きなのだろうか。

実羽は棚に近づいてどんなものがあるのかを見てみることにした。

お酒は嗜む程度で、詳しくはない。それでも、棚に入っているお酒がどれも高価そうだということだけはわかった。

「気になるものでもあったか？」

「え？　いや……、あなたのお気に入りはどれなの？」

美麗ならば銘柄がわかるのかもしれない。実羽は晴樹に質問することで誤魔化した。

「そうだな。貰い物だが、このコニャックあたりだな」

晴樹が棚に寄ってきて、琥珀色の瓶を取り出した。高級感溢れる綺麗な瓶だ。晴樹はそれを実羽に持たせようとしたが、落としたら怖いので見せてもらうだけにする。

「へぇ……そうなの」

「世界限定三百本のものなんだが……」

「さんびゃっ……、ごめんなさい。気にしないで」

三百本しかない限定品ならば、その値段は相当なもののはずだ。驚きすぎて声が裏返る。そんなものが家の中にあるというだけで怖い。

一般庶民の実羽からすると、高価なものに囲まれた生活というのは、ある種恐怖だ。

そんな実羽を見て怪訝そうな顔をしながら、晴樹はコニャックを棚の中にしまう。

実羽は、できるだけこの棚には近づかないようにしようと、心の中で決めた。

モデルルームのような高層マンション、そして高級なお酒。今までの自分の生活からは想像もつかない世界に、頭がくらくらしてくる。

「俺は先にシャワーを浴びて着替える」

晴樹はそう言って、実羽の様子を気にすることなくリビングを出ていった。

そのどうでもよさそうな態度は、実羽にとって都合がいいはずなのに、とても腹立たしい。

実羽はわなわなと震える肩をぐるりと回してから、ソファに座った。

ふかふかしたソファに、思っていた以上に身体が沈んで「おぉ」と声が出てしまう。

その座り心地を堪能（たんのう）しながらスマホを弄（いじ）っていると、インターホンが鳴った。

晴樹はまだ風呂から上がっていないため、実羽が出ることにする。インターホンの画面にはコンシェルジュが玄関先にいる映像が映っていた。

『お食事をお届けにまいりました』

「今開けるわ」

美麗の口調にできるだけ似せて答える。

玄関の前では、コンシェルジュが先ほど晴樹が頼んだのであろう食事を持って立っていた。

「ありがとう」

お弁当を二つ受け取ると、コンシェルジュは頭を下げて帰っていく。

渡されたのは、ずっしりとした重さのある黒色の四角い重箱だった。他にも黒色のお椀が四つある。実羽はそれをリビングのテーブルに置いた。

テーブルはどっしりとして艶（つや）があり、いかにも高そうだ。傷一つないそのテーブルを見て、実羽は汚してしまわないかと不安になる。

その時、ドアが開く音がして振り返ると、バスローブ姿の晴樹がいた。

「わぁあ！　ちょっ、何でちゃんと服着てないのよ！」

思わず、実羽は美麗の真似を忘れて叫ぶ。

「はぁ？　バスローブ着てるからいいだろ……。何だよ、お前は処女か」

「しょっ……。あ、あなたねぇ！　デリカシーっていうものが欠けてるんじゃないの!?」

必死で落ち着きを取り戻し、美麗を装（よそお）う。

バスローブから出た晴樹の腕や脚はほどよく筋肉がつき、とても艶（あで）やかだ。そこから男性の色気が醸（かも）し出されていた。

実羽とて男性経験がないわけではない。けれど、大学生のころに付き合った人との少しだけの経験だ。社会人になってからは会社に慣れるのに必死だったし、両親が亡くなったことがショックで男性と付き合う気になれなかった。

そんな実羽にとって、晴樹の姿は刺激が強すぎだ。

　実羽は本日何度目かわからないため息をついた。

「はあ……、とりあえずご飯を食べましょう？　お弁当が届いているわ」

「そうだな。俺はビールを飲むが、お前はどうするんだ？　家には酒とミネラルウォーターしかないけどな」

「じゃあ、私もビールをいただけるかしら」

　飲まずにはいられない気分だ。

「なら、冷蔵庫からビールを出してくれ」

　言われた通りに冷蔵庫を開き、実羽は口をぽかんと開けた。

　冷蔵庫の中に大量の酒とミネラルウォーター以外のものが見当たらない。

　酒とミネラルウォーターしかないというのは、飲みものだけに限った話ではなかったようだ。

　野菜や肉どころかケチャップなどの調味料もいっさいない。いったい晴樹は、何を食べているのだろうか。

　缶ビールを二本手に取りながら、実羽の頭には先ほどのお弁当がよぎった。

　食事はデリバリーを頼むか、外で済ませているのかもしれない。それなら料理をしている気配が全くないのに納得ができる。

　晴樹はすでにテーブルに着き、食べる準備を始めていた。グラスを出せとは言われなかったので、実羽はビールをそのまま彼の前に置き、向かい合わせになるように座る。

「いただきます」

「……いただきます」

晴樹が声を出したので、実羽もつられる。

正直、今までの態度を見ていて晴樹が「いただきます」などときちんと言うのは意外だった。単に育ちがいいからだけなのだろうが、苛ついていた心が少し鎮まる。

黒いお弁当の蓋を開けると、優しい香りが鼻腔をくすぐった。

色鮮やかに並べられたニンジンとフキノトウの煮物、旬のきすの天ぷらが目に入り食欲を刺激する。

「おいしそう……」

重箱とは別のお椀には、ご飯と吸い物が入っていた。どちらもまだ温かい。

実羽は一口お吸い物を飲んで、その味に舌鼓を打った。

自分が今まで食べてきたものも十分おいしいと思っているが、これは別格だ。

どう考えても普通のお弁当ではないと動揺しながら、箸袋に視線を落とす。そこに書かれていた店名は、政治家がよく使うとニュースで取り上げられていた有名な割烹料理店だった。

それを晴樹は、当たり前のような顔をして缶ビールを飲みながら食べている。

実羽は、あまりにも世界が違いすぎると思った。

たった三ヶ月とはいえ、うまくやっていけるのだろうか。彼と仲よくなる必要がないとしても、生活習慣があいそうにない。

ため息が出てくるのをグッと我慢して、実羽はビールを呷る。

ちらりと視線を向けると、晴樹はもくもくとお弁当を口に運んでいた。

こんなにおいしい料理だというのに、喜んでいるようには見えない。

食べ慣れてしまうと、この料理のおいしさに感動しなくなってしまうのか。だとしたら、何て寂しいことなんだろう。

食事を終えると、晴樹は大きなソファに座り、無言でテレビをつけた。

「ねぇ、このお弁当食べ終わったらどうすればいいのかしら？」

「玄関前に置いておけば片づけておいてくれる」

普通のデリバリーと一緒ということか。

実羽も食べ終わったので、二人分の重箱とお椀をキッチンに持っていき、さっと洗う。

さすがに洗剤とスポンジはある。

そして風呂にでも入ろうとリビングを出た。

この家に来た時に、大方の部屋の場所は教えてもらったが、実際には見ていない。晴樹の部屋以外のドアを順番に開けてみる。

リビングの逆の奥は洗面所で、実羽の家の洗面所が優に二つは入ってしまうほどの広さだった。きっと風呂場も広いのだろう。

楽しみにしつつ、少し戻って自分の部屋のドアを開ける。

真っ暗な部屋の中には、段ボールが二箱と大きな鞄がぽつんと置いてあるだけだった。

「え？」

電気をつけて確認するが、他には何もない。

ベッドも棚も机も、家具は何一つ置いてなかった。慌ててクローゼットの中を見てみたが、ハンガーすらかかっていない。

「……えぇー？　いったいどうしろっていうのよ。最低限の家具ぐらい用意しておいてくれたってよくないかな」

肩を落として頭を抱えた後、下着と寝巻きを準備し、晴樹に布団がどこにあるのか聞こうとリビングに戻った。

すると、ソファの陰から煙が舞っている。どうやら晴樹は喫煙者のようだ。

「ねぇ」

「何だ？」

後ろから声をかけると、晴樹は煙草を消してこちらへ振り返る。その姿は気だるげで格好いい。

「私の布団、どこにあるの？」

「お前の布団などないが」

晴樹は何を質問されているのかわからないといった、きょとんとした顔で答えた。

「……じゃあ、私今日どこで寝ればいいのかしら？」

実羽は思わず怒鳴りそうになったのを息を止めてこらえ、何とか平静さを保ちながら聞く。

「あー、そういえば、ベッドを持ってこなかったんだな。明日自分で好きなものを買いにいけばいい。今日のところは、ソファで寝てくれ」

「はぁ？　ならあなたはどこで寝るの？」

「自分の部屋だ」

実羽の身体が怒りでわなわなと震えた。

「へ、へぇ……！　今日から私が来るってわかっていながら、布団すら用意してないのね。お忙しい社長様は、そこまで思いいたらなかったってことかしら」

実羽の皮肉が効いたのか、晴樹の顔が不機嫌そうに歪み、眉間に皺が寄る。

「……、一日ぐらいどうってことないだろ」

「それならあなたがソファで寝れば？　それこそ、一日ぐらいどうってことないわよね」

「あー、わかった！　わかったよ。俺がソファで寝るから、お前は俺の部屋のベッドを使え」

「使えなんて命令しないで！　私はあんたの部下じゃない！　今日はあんたの部屋で寝るから、絶対に入ってこないでよね！　入ってきたら殴ってやる！」

実羽が一気に言うと、晴樹はより深く眉間に皺を寄せて顔を背ける。頭をガリガリとかいて、ソファに転がってしまった。

実羽は腹立たしさで暴れたいのを我慢してリビングを出る。すぐに脱衣所に向かい、無造作に服を脱ぎ捨てた。

「全く、何なのよ！」

苛々としながら、勢いよく風呂場のドアを開ける。

予想通り、風呂場は広く、綺麗だった。ゆったりとした浴槽にはたっぷりと湯が沸いている。

それを見て、感情が昂ってささくれだっていた心が一気に落ち着く。

さっそく頭や身体を洗って、湯船につかった。身体をグッと伸ばしながら、息をつく。

「はー、気持ちいい……」

落ち着いてくると、なぜあんなに怒ったのか我ながら不思議になる。

「でも、腹立ったしなぁ」

いくら何でも布団ぐらいは用意しておいてほしかった。ないならないで、松崎にでも伝えておいてくれればこっちで対処するなり頼むなりできたのに。

無理があると思っていた身代わり同棲生活も、晴樹がこれほど美麗を歓迎していないのであれば何とかなりそうだ。互いに興味を持たない仮面同棲なら、婚約者が別人と入れ替わったところで気づかないだろう。

深く息を吐いて、実羽は風呂から上がった。タオルで身体を拭いて寝巻きに着替える。

そこで、はたと気がついた。

着ていた服をどうやって洗えばいいのだろうか。

晴樹が着ていたシャツは脱衣所の籠の中に投げ入れられている。籠に入れておけば雇いのハウスキーパーが綺麗にしてくれるのだそうだが、一緒に洗われるのは何だかいやだ。

洗濯機はあるので、自分の服は実羽自身で洗うことにして、晴樹のシャツが入っている籠とは別の籠に入れた。

洗面所に置いてあったドライヤーで髪の毛を乾かしてから、自室に戻った。

椅子も机も何もない部屋で、段ボールの上に鏡を置き、簡単なスキンケアをする。

明日、家具店に行こうと決意して、隣の晴樹の部屋へ行った。

ドアを開ける時に少し躊躇(ちゅうちょ)して、手が止まる。

婚約者であったとしても、初対面の男性の部屋に入るというのはいかがなものか。

けれど、あれだけ言い合いをしたのだ。今さらソファで寝たいとは思わないし、悪いのは晴樹のほうだ。

実羽は意地もあって、ドアを開けた。

晴樹の部屋は思っていたより綺麗だった。大きな本棚に経済学の本など、実羽には全くわからなさそうな分厚い本がずらりと並んでいる。

本棚とは逆の壁近くにはキングサイズのベッドが置かれているが、それが部屋を狭く見せることはなかった。

きちんとベッドメイキングがされていて、誰かが寝た形跡は残っていない。

実羽はホッとした。さすがに寝ていた形跡があれば多少抵抗はあっただろう。

大きなベッドにもそもそと入り込んだ瞬間、「お、おぉ……！」と感嘆の声が口をつく。

今まで実羽が使っていた布団とは全く異なる寝心地だ。

光沢のあるシルクのかけ布団は肌触りが気持ちよく、敷布はふかふかで、温かい真綿に包まれている気分になる。

ふと、バスローブ一枚でソファに寝ている晴樹の姿が頭をよぎった。思わず唸(うな)り声が出る。

六月に入ったとはいえまだ微妙な時期。このまま放っておいて、風邪を引かれるのはいやだ。

実羽は起き上がって、もう一枚かけ布団がないか探した。けれど今実羽が使っているものしか見つからない。悩んだ末に、自分の部屋の段ボールから膝かけを取り出し、リビングへ向かった。

音をたてないよう静かにリビングを歩き、ソファに近づくと寝息が聞こえてくる。

どうやら晴樹は、ぐっすりと眠ってしまったようだ。

高級品らしいソファはふかふかしていて座り心地がよかったので、眠ったとしても身体が痛くなるようなことはないだろう。

実羽は寝ている晴樹に膝かけをかけて、改めてベッドに戻り、眠りについた。

翌日、全身を温かい何かに包まれている感覚に、実羽は目を覚ました。

明らかに布団のやわらかさではない。

今自分を包んでいるものはいったい何なのか、ぼんやりとした頭で考える。

うっすらと目を開けると、肌色が見えた。

「……え?」

一瞬息が止まり、実羽は一気に覚醒する。

実羽に抱きついていたのは晴樹だ。

リビングのソファで寝ていたはずの彼がなぜここにいるのかわからず、混乱する。

「ひぁああああっ！」

「ああっ？　五月蝿い……」

実羽が叫ぶと、晴樹は煩わしそうにかけ布団を頭に被る。

「五月蝿いじゃないわよ！　変態！」

実羽は、思わず近くにあった枕を両手で掴み晴樹に殴りかかった。

「うっわ！　お前！　枕でなぐっ……っつ」

慌てて起き上がった晴樹に、運悪く実羽が振り回した枕がクリーンヒットする。彼は呻き声を上げながら倒れ、殴られた場所を擦った。

「いっつ……、お前、思い切りやりすぎ……」

「何言ってんのよ！　入ってきたら殴るって言ったじゃない！　枕なだけマシだと思え！」

晴樹は起き上がって自分の部屋を見渡し、実羽を見て深いため息をついた。

実羽の心臓は寝起きの衝撃でバクバクと鳴っている。

晴樹はこちらに興味がなさそうだったので大丈夫だと思っていたが、こんなことになるのなら、ドアの前にバリケードを作っておくべきだった。この部屋には内鍵がついてないのだ。

「はぁ、とりあえず起きるか。お前、今日は？」

晴樹は実羽の怒りなど意に介さず、淡々と話し出す。

「今日はって何なのよ？　私の話を聞いているの？　腹が立つ」

「お前の今日の予定を聞いてるんだよ。俺は仕事がある。そうだな、あと一時間ほどで出なきゃならない。わからないことはコンシェルジュにでも適当に頼め」

実羽の悪態は完璧に無視された。枕を晴樹に向けて投げつけるが、手で防がれる。

「ふん、あなたに言われなくたって勝手にするわよ。日曜なのに大変ね。社長様はせいぜい頑張って働くといいわ」

美麗に似せた傲慢な口調にも晴樹は無反応で、マイペースに出かける準備を始める。

「つまらない人ね」

実羽は仕方なく、顔を背けて晴樹の部屋を出た。

朝から喧嘩するつもりはなかったが、眠っているベッドに勝手にもぐり込まれたのは許せない。

実羽が寝ていたのは晴樹のベッドなのだから、もしかしたら寝ぼけて間違えたのかもしれないが、それならそう言って謝ってほしかった。

ただ不思議なことに、晴樹に触られていたこと自体には嫌悪感がない。

「変なの」

実羽は顔を洗って頭をしゃっきりさせようと、洗面所に向かった。

鏡で自分の顔を見て「あっ……」と言葉が漏れる。

鏡に映っているのは、美麗のように煌びやかで派手な顔ではなく、化粧が落ちて地味な素の自分だ。

晴樹に素顔を見られてしまった。変に思われなかったか不安になる。

だが、気づかれなかったと自分に言い聞かせ、震える手で化粧を済ませる。

着替えてリビングに行くと、すでに出かける準備を終えた晴樹がいた。

「おい」

「何？」

「これを渡しておくから、必要なものは全てそれで支払え。荷物持ち兼運転手に春日井を呼んである。二時間後に来るから、それまでに出かける用意をしておくんだ」

相変わらずの命令口調だが、実羽にはもう反発する気力が残っていないので、素直に手を出す。

「わかった。……って、これ、ブラックカード……？」

初めて見た本物のブラックカードに実羽は動揺した。

このカードがあればほぼ何でも買える。

しかも、支払ってやるという言質(げんち)を取った。これで何百万円の指輪を買っても咎(とが)められない。

もっとも実羽はそういった装飾品にはあまり興味がないし、生活に必要なもの以外買おうとは思っていなかった。綺麗なものは好きだが、集める趣味はない。

晴樹はそんな実羽の様子をじっと見てから、無言で玄関に向かう。

実羽は受け取ったカードをテーブルに置いて、彼についていった。

靴を履いていた晴樹は、実羽がついてきたことに驚いたようだ。目を見開いて実羽を見る。

そこまで驚くことだろうかと怪訝(けげん)に思いながら、実羽は晴樹に声をかけた。

「いってらっしゃい」

「……」

何も答えない晴樹に苛立(いらだ)ち、不機嫌な顔で文句を言おうとする。けれど、その前に視線を彷徨(さまよ)わせた彼が、そっぽを向いたままぼそっと呟(つぶや)いた。

「いってくる」

そして、そのまま出かけていった。

「何、あの顔」

実羽は驚いて、しばらく玄関に立ちつくす。

晴樹はしかめっ面のくせに、気恥ずかしそうに頬を染めていた。その姿が可愛いと思える。

実羽の中にくすぶっている彼への不満が少し緩和された。

口の端を上げながらリビングに戻り、先ほど渡されたブラックカードを改めて手に取る。

これで好きなものを買えとは、太っ腹と言うべきなのか。もしかしたら、昨夜のベッドのことを彼なりに気にしてくれているのかもしれない。

けれど、正直これは実羽の手に余る。

カードの扱いをどうしようか悩みながら、実羽は言われた通り出かける支度を始めた。

買い物をするなら何が必要なのか確認しなければいけない。

まずは寝具だが、美麗の好みがあることを考えると、ベッドを買う気にはあまりなれない。布団だけ買うことにした。

机も欲しいが、小さな折りたたみ式のものが妥当だろう。パソコンが置ければ十分だし、美麗が必要なければ処分しやすい。

それと両親と祖母の位牌を置けるものが欲しかった。誰もいない家の仏壇に置いていくのは忍びなく、実羽は三人の位牌と遺影を晴樹のマンションに持ってきたのだ。

クローゼットの高さや奥行きをメジャーで測って手帳に書き込み、次にキッチンに向かった。

人が住んでいるとは思えない冷蔵庫や調理台回りを全部確認する。

飲みもの以外は本当に何もなかった。食べものどころか調理道具もほとんどない。

あるのは包丁とまな板ぐらいで、調味料は塩と胡椒（こしょう）、そして醤油（しょうゆ）しかなかった。

晴樹が料理をした形跡がないのはもちろんのこと、誰かを雇っている感じもしない。

「無理、絶対無理！」

実羽は思わず一人で叫んだ。

他人の家の台所を使うのは気が引けるものの、毎日外食かデリバリーなど、お財布がもたない。晴樹に言えば食事代を出してくれるのかもしれないが、何より自分で作ったご飯が食べたかった。

実家から調理器具を持ってくるかどうか実羽は唸（うな）りながら悩む。

けれど、そのために松崎に手伝ってなどとは言えなかった。というより、言いたくない。

それにここから出ていく際にわざわざ持って帰るのも億劫（おっくう）だ。

そういったことを考えていると、だんだん面倒くさくなってくる。

実羽が新しいものを買おうと決意した時、チャイムが鳴った。インターホンを確認すると、春日井の姿が映っている。

『お迎えにあがりました』

「わかったわ。今から下りる」

実羽はすぐに靴を履き、エントランスに向かった。

エレベーターが一階に着くと、ホテルのように煌びやかなホールが目に入る。さすがに昨日の今日では目が慣れない。ソファへ視線をやると、春日井が座って待っていた。

彼は実羽に気づき、立ち上がって頭を下げる。

「今日はお世話になります」

実羽がそう言うと、春日井はじっとこちらを見つめ頷いた。

彼に見つめられてまたやってしまったことに気づく。美麗ならばこんな言い方はしない。

春日井は笑っているが、実羽は何だか観察されているような気分になった。

観察――もしかしたら春日井は晴樹の命令で本当に実羽を観察しているのかもしれない。

晴樹の家が美麗の素行調査をしている可能性はある。というより、してないほうがおかしい。

美麗との違いに気づかれてしまったらと思うと、実羽の背中にうっすらと汗が滲んだ。

「どうしたんです？」

「え、あ、いえ。えっと……、行きましょうか」

「そうだな……、いえ、ですね。表に車を回してありますんで」

昨日晴樹が言っていた通りどうも春日井は敬語が苦手のようだ。あまりにもしゃべりにくそうなので不憫（ふびん）になってくる。

「敬語じゃなくて構わないわよ。しゃべりやすいようになさい」

歩きながら腕を組んで高慢に見える態度を取る。

美麗なら「聞き苦しいから、しゃべるのをやめなさい」ぐらい言いそうだが、さすがにそんなことは言えない。だから、できるだけやわらかさが出ないような言葉で伝えてみた。

高圧的な言動は思った以上に疲れる。

特に昨日から晴樹とのことで、実羽は疲弊（ひへい）していた。

早くも美麗を演じることに限界を感じ始めていたのだ。

「そう言ってもらえるとありがたい……が、あんた、話しやすいんだな。思っていたより」

「……さあ？　普通じゃないかしら」

結局、実羽は適当に誤魔化すことにしてしまった。これではいつボロが出るかわからない。

二日目にしてこれではどうしたものかとため息をつきつつ、春日井が開けてくれたドアから車の後部座席に乗り込んだ。安い家具店に案内してくれと伝える前に、春日井に行き先を言われてしまう。

「百貨店に向かうから」

「あ……、うん。お願い」

百貨店だと値段が高くなるからあまり気乗りしないが、美麗は財閥のご令嬢だ。安い家具など使わないだろう。

昨日から何度も自分の感覚とお金持ちの感覚の違いを思い知らされている。晴樹から渡されたブラックカードの入った鞄(かばん)が急に重く感じられた。

車に乗って三十分ほどすると百貨店の前に着く。春日井が車を置いてくると言うので、実羽は先に寝具売り場に向かうことにした。

一番安い布団を出してもらい、店員と話をしながら寝心地を確かめる。

不意に、昨日の晴樹のベッドの寝心地のよさを思い出す。たった一度でも体験すると、身体が覚えてしまうようだ。

どうしようかと悩んでいるところに、春日井が合流した。

「何を悩んでるんだ？」

「え、あ、っと……」

「決められないなら、一番いいものを出してもらえよ」

「いや、でも」

春日井の言葉を聞いた店員が、上客だと判断したのか「すぐにお持ちいたします！」と去っていく。数分もすると高級そうな敷布団と枕が用意された。確かめるまでもなく寝心地がよさそうだ。

ついている値札には信じられない桁の数字が書かれている。

実羽がためらっているのを見た春日井が、横から口を出す。

「これがよさそうだし、このセットで」

「か、春日井さん」

「カード渡されてるんだろ？　社長の金なんだ、気にすんな」

そう言いながら春日井は笑う。彼はこのぐらいの値段、見慣れているらしい。

そそくさと店員がレジに金額を打ち込むのを見て、実羽は断る気力を失った。諦めて晴樹から渡されたブラックカードを出し、支払いを済ませる。

一度大きな買い物を支払うと、気持ちが軽くなった。配送を頼んでから台所用品のコーナーに向かう。

自分のものは自分のお金で支払うつもりだが、今日の買い物は晴樹のマンションに住むために必要なものだ。全部、このカードで支払ってしまおう。

キッチン雑貨のコーナーで、おたまやフライ返しといった細々（こまごま）したものを選んでいく。他にもフライパンや鍋なども購入した。

美麗のことがちらりと頭をよぎるが、綺麗なネイルをしていた彼女のことだ、どうせ料理などしないに違いない。入れ替わり後、料理をしなくなったことについては「あきた」とでも言ってもらおう。それに万が一、キッチンを使う時に実羽の選んだ調理道具が合わなかったとしても、彼女なら買い直すだろう。

思ったよりも大荷物になった調理道具は春日井が全て持ってくれる。配送してもらってもよかったが、これくらいなら持てると春日井が言うのでお願いしてしまった。

「他にはいいのか？　下の階にはアクセサリー売り場があるし、洋服も売ってるが」

「え？　必要ないけど？」

実羽が首をかしげると春日井は困ったように笑った。

「いや、いいんだ。聞いただけだし」

「そう？　あ、次は家電店に行きたいわ」

「了解。車回してくるから、入り口で待っててくれ」

そこから二人で、すぐ近くにある家電量販店に行き、電子レンジと炊飯器を購入した。

今日一日でどれだけお金を使ったのか考えると、実羽の背筋から冷や汗が出る。

実羽は春日井にマンションまで送ってもらいながら、必要経費だと自分に言い聞かせた。

気を紛(まぎ)らわせるために、春日井に話しかける。

「春日井さんって、おお……晴樹さんの秘書なのよね？」

〝大倉さん〟と言いそうになったが、婚約者を苗字で呼ぶのはいかがなものだろうと訂正して、名前で呼ぶ。

もっとも呼んではみたものの、どうもしっくりは来ない。

「そうだよ。社長は大学時代の先輩なんだ」

「先輩？」

「そっ。俺ずっと柔道やってて、社長がボディガードとして雇ってやるから来いって言ってくれたんだ。すげぇ、感謝してる」

「雇ってくれたから？」

「んー、ちょっと違う。俺、警察官、目指してたんだけど、怪我で足痛めたからそっち系は全部駄目になって……。就職なかなか決まらないで、ちょっと腐ってたのを助けてもらったんだ」

春日井の話を聞いて、晴樹は親しい人間には優しい人なのかもしれないと、実羽は思った。

マンションに着くと、春日井は荷物を部屋に運び込み、会社に戻ると言って帰った。

やっと一人になれたことで、実羽は一息つく。やはり気を張っていたようだ。

布団は夕方に届くことになっているので、実羽は昼食をデリバリーで簡単に済ませ、今のうちに夕食の食材を買いに行くことにする。

キッチン用具を揃えたのでスーパーに行きたかったし、小さな机とハンガーを買いたかった。

一度置いた鞄を肩にかけ直して外に出る。

先ほどまで晴れていたのに、雲が空を覆い微かに雨のにおいがした。

「降りそうだなあ。さっさと買い物して帰ろう」

スマホを頼りにマンションの近くで探してみたものの、実羽が求めているようなお店は見つからない。

やっと見つけた百円均一ショップでハンガーを買い、高級スーパーで一人分の食材を買ってマンションに戻った。

一瞬、晴樹の分を買おうか迷ったが、高級割烹料理店の仕出し弁当を無感動に食べる彼の口に実羽の手料理があうとは思えず、やめた。

エントランスに入ると雨の音が聞こえてくる。本格的に降り始める前に帰ってこられてよかった。

ホッとしていると、両手に荷物を抱えた実羽を見たコンシェルジュが出てきて、荷物を部屋まで運んでくれた。

実羽はすぐに食材を冷蔵庫に片づける。

片づけを済ませたころに、布団が届いた。それを部屋に入れ、寝られるように整える。カバーをかけたばかりの布団にごろんと転がり、高い天井を見上げた。

「……変なの」

何が変なのかは実羽自身よくわからないが、少なくともこのマンションに自分は似合っていない。

例えば実羽自身が晴樹に望まれて、本当に結婚のためにここに住むのであれば、もっと違う気持ちになるような気がした。どうしても、ここは自分の居場所ではないという違和感が消えない。

両腕を交差させて目を覆い、実羽は深く息を吐いた。

「よし！　動こう！」

自分を叱咤しながら起き上がり、段ボールに入れっぱなしになっている服をクローゼットにしまう。場所をあけて、祖母と両親の位牌もその隅に仮で置いた。位牌を置くための家具を買おうか迷ったが、結局クローゼットの中に隠すように並べることにしたのだ。

明日は月曜日なので、ここから会社に向かわねばならない。今のうちに会社までの経路を調べておかなければ。

キッチンに行きお米を二合セットしてから、ノートパソコンをリビングに持ち出し起動させた。けれど、インターネットに繋ごうとして、晴樹が使っているＬＡＮのパスワードを知らないことに気づく。

当然、フリースポットになどなっているわけもなく、インターネットには繋がらなかった。

「パソコン使う意味がない！」

晴樹に尋ねようにも、連絡先を聞いていない。

「婚約者に連絡先も教えていないなんて……」

聞かなかった実羽も悪いのだが、自分のことを棚に上げて憤慨（ふんがい）する。

仕方なく、会社までの経路をスマホで調べて、ネットショップで安い小さな机を一つ購入した。これで今必要なものは揃（そろ）う。

やることがなくなってしまい、実羽はご飯が炊けるまでに簡単なものを作ろうと冷蔵庫を開ける。

買ってきたばかりの鶏肉を取り出して塩と胡椒（こしょう）を振り、ニンニクをスライスしたものを加え、しばらく寝かせておいた。付け合わせになりそうな野菜も簡単にちぎって、水を切っておく。

そうこうしているうちに、炊飯器がピーピーと鳴りご飯が炊けた。

次に、実羽はフライパンにオリーブオイルを引いて鶏肉を焼く。

皿に野菜を盛りその上に焼き上がったばかりの鶏肉を載せた。

スープはマグカップに入れてお湯をそそぐだけのインスタントにする。全て整えてから、炊き上がったご飯をよそった。

簡単なものばかりだけど、自分のご飯が一番安心する。

キッチンは広くて使いやすいのに、必要なものが揃（そろ）っておらず不便だ。食器も最低限のものしかない。できれば買い足したかったが、さすがにそれは美麗に悪いので、思いとどまった。

こうして見ていると、晴樹にキッチンへのこだわりはないように思う。

唯一こだわりがありそうなのは、お酒の棚に入っているグラスだろう。

美しくカッティングされたそれは、多分実羽の想像つかないほどの値段がするに違いない。割ってしまうのが怖いので、触れないようにしよう。

広いリビングでご飯を食べていると、何だか急に寂しさが募（つの）る。

外はもうすっかり暗くなり、近くのビルから零（こぼ）れる灯りだけが光っていた。人の気配が全くしない無機質な部屋は寒々しい。

晴樹が帰ってくるのを待っていればよかったと、実羽は少し後悔した。

「だけど、何時に帰ってくるか聞いてないしなー。夕飯食べるのかも知らないし」

美麗と入れ替わることを考えても、晴樹とはあまり接触するべきではない。

実羽は気を取り直して食べ終えた食器を片づけて、風呂に入ることにした。さっさと寝る支度を済ませ、布団にもぐり込む。

「あー、気持ちいいっ」

冷たいシーツの上に寝ながらスマホを弄（いじ）る。

高校入学以来の友人である眞鍋香代（まなべかよ）から、食事をしようというメールが来ていた。実羽はすぐに了承の返事をする。

それも終えると、部屋の電気を消して、眠りについた。

しばらくして玄関のドアが開く音がし、実羽は目を覚ます。時間を確認すると夜の十一時を過ぎたところだった。

廊下を歩く足音が聞こえるので、晴樹が帰宅したのだろう。

朝から出かけてこの時間に帰宅。仕事なのかプライベートなのかは知らないが、結婚を予定している人間を放ったらかしとはどういうことかと呆（あき）れてしまう。

こんなことでは幸せな結婚生活など送れない。

「……いや、別にいいのか……」

実羽にとっては好都合だし、そもそも関係のないことだ。

晴樹の態度からすると、彼は幸せな結婚生活など求めていないのかもしれない。

実羽の両親はとても仲がよく、そんな二人に愛情を注がれて育った自分には信じられないが、お金持ちの結婚観は違うのかもしれない。

聞こえていた生活音はすぐに消えた。ドアの開閉音がしたので晴樹も自室に戻ったようだ。

今度こそ実羽は眠りについた。


目覚まし時計代わりのスマホが鳴っているのに気づいて、覚醒(かくせい)する。

まだ眠っていたいが、そろそろ起きなければ遅刻してしまう。このマンションから会社に行くのは初めてなので、余裕を持って家を出たい。

のそのそと起き上がって、寝巻きのままそっと洗面所に移動し、美麗らしい化粧をした。着替えてリビングに行くと、晴樹はすでにスーツを着てソファに座っている。

無視するわけにもいかず、実羽は晴樹に声をかけた。

「おはよう」

「なんだ、早いな。今日何か用があるのか？」

「おはようって言ったら？」

挨拶を返さない晴樹にムッとして、文句を言うと、彼は眉間に皺を寄せた。

「……おはよう」

面倒くさそうに小さな声で言う。実羽は満足だというように頷いてみせた。

「早いかしら？　普通だと思うけど。もう朝の七時過ぎよ。あなたこそ早いんじゃないの？」

「俺は八時前には家を出るんだ」

「え!?　社長出勤じゃないんだ」

驚いて言うと、晴樹は実羽をじっと見てから大きなため息をついた。

「はあ……」

いかにも呆れ返ったというような表情をする。その晴樹の態度に腹が立ち、実羽は声を荒らげた。

「その、お前は何馬鹿なこと言ってるんだって顔、やめていただける」

「……出社時刻が決められているわけではないが、俺がいなければ判断できない業務が多々あるんだ。社外での打ち合わせもあるから、朝済ませられる仕事を朝片づけるのは当然だろう」

「へぇ……、大変なのね」

「お前……棒読みだな」

そんなつもりはなかったが、晴樹にはそう聞こえたようだ。じろりと睨まれる。

「ということで、もう少ししたら出かける。それで？　こんな早くから起きてどうするんだ？」

そう聞かれると答えに詰まる。実羽は会社に行かなければいけないが、美麗は現在、就職をしていない。朝から起きて何をするのかと晴樹が疑問に思うのは当然だ。

「……別に、朝はいつもこの時間に起きるだけよ」

「そうなのか」

「朝ご飯は？」

「食べた。お前の分は頼んでいないから、好きなところに頼めばいい」

話は終わったと、晴樹は視線を新聞へ戻してしまった。

実羽は朝ご飯を会社に行く途中で買おうと決めて、自室に引っ込む。

気を取り直して、今日会社に着ていく服を決め、鞄の中に必要なものが入っているかチェックする。

しばらくすると、玄関先で音が聞こえてきた。どうやら晴樹が出社するようだ。

実羽は自室の扉から身体だけを出して、晴樹に声をかけた。

「いってらっしゃい」

「……いってくる」

昨日よりはスムーズに返ってきた挨拶に、実羽はやっと普通のコミュニケーションが取れたとホッとした。

晴樹と接触しないほうがいいといっても、同じ家に暮らす人間ととげとげしい雰囲気になるのはストレスが溜まる。それに、美麗が入れ替わる時に仲が悪すぎるのも、それはそれで問題だ。

晴樹が出ていったのを確認してから、実羽は普段の化粧に戻した。

少し面倒くさいが、会社に美麗のメイクで行くわけにはいかない。派手なメイクは実羽の趣味ではないし、いろいろな人にどうしたのかと聞かれるのは煩（わずら）わしかった。

それでも、会社に行かないという選択肢は実羽にはない。

伯父には、その期間の給料を払ってやるから、三ヶ月間仕事を休めと無茶なことを言われた。それに腹を立てて、絶対に休まないと決めたのだ。

前もって松崎に確認すると、晴樹はほとんど毎日朝早くから夜遅くまで働いているため、実羽が仕事でマンションを留守にしていても気づくわけがないと言う。それで大丈夫だと判断した。

もし実羽が仕事に行っている間に晴樹がマンションに立ち寄ったとしても、遊びに行っていたと誤魔化すことはできる。

実羽は全身を洗面所で確認した。鏡に映るのは、いつもの地味な自分だ。

晴樹に今の状態の実羽を見られるわけにはいかない。

「あ、そういえば」

一昨日、松崎に小さな袋を手渡されたことを思い出す。結局昨日も一昨日も中身を見ることなく寝てしまった。今のうちに確認しよう。

袋を開けると、中身はカラフルなマカロンと有名なブランドの口紅が一本入っていた。

「うわ、これ高いやつだ」

口紅は女性であれば憧れるブランドのものだ。大人の女性が似合いそうな鮮やかなワインレッド。

地味な自分が選ぶことはないが、美麗には合いそうだ。これは激励ととっていいのだろうか。

いったい誰がこの二つを選んだのかと疑問が浮かぶ。

けれど、考えている余裕はなく、実羽は口紅を化粧ポーチに入れてマンションを出た。

晴樹のマンションから会社までは電車で一本だった。思ったより通勤は大変ではなさそうだ。

二十分ほどで、会社の最寄り駅に着く。

実羽は会社の近くのコンビニでサンドイッチと珈琲を買ってからビルの中に入った。タイムカードを押して自分の席に座る。すると、後輩に声をかけられた。

「実羽さん、おはようございます！　髪の毛染めました？」

「おはよう。そうなの。似合わないかな？」

「そんなことないです！　実羽さんが選ぶには珍しい色だなーとは思いますけど、似合ってますよ」

にこにこと人懐っこい笑みを浮かべながら彼女は言う。それ以上、何かを突っ込まれることもなく定時の六時で仕事が終わった。

実羽の会社は、忙しい時期でなければ残業がほとんどない。

香代と食事に行く約束をしているので、実羽は待ち合わせのお店に向かう。

予約していた店に着くと、香代は先に来ていた。席に座るなり話し始める。

「火葬の時はごめんね。締め切りが近くて行けなくて……。心配してたんだけど、顔色がいいようで安心したよ」

「ありがとう。今はやらなきゃいけないことが目の前にあるから、結構元気」

香代は高校のころからよく家に遊びにきていたので、両親や祖母と面識がある。だから祖母が亡くなった時も何かと力になってくれた。ただ、火葬の日は仕事の締め切りが差し迫っていてどうにもならなかったそうだ。

彼女は現在フリーのイラストレーターで、仕事を選べる立場にはまだなっていない。
それでも火葬の手配は手伝ってくれた。忙しい時に傍にいてくれた香代に実羽は感謝している。

「そうだ香代」

「ん？」

「実は父の兄だっていう人に会った」

「え……、そうなの？　よかったじゃん！」

香代はまるで自分のことのように喜んでくれる。

そんな彼女に実羽が今現在していることも、伯父がどんな人だったかも言えなかった。

けれど、彼女は時おり実羽の家まで遊びにくるので、これから数ヶ月家にいなかったら変だと思われてしまう。それを回避するために、実羽は大切な友人に嘘をつくことにした。

あまり気持ちはよくないが、どうしても実羽は父の形見を手に入れたい。

「それで、しばらく伯父のところにやっかいになることにしたの」

「家はどうするの？」

「時々風を入れに帰ろうとは思ってるんだ。だから、家に私を訪ねてきてもいないことが多くなるかも……って思って」

「そっか……。今は実家にいるとつらいかもしれないし、伯父さんの家なら安心だもんね。だけど、何かあったらすぐに言ってね。私はいつでも実羽の味方なんだから」

香代の屈託のない笑顔が胸に痛い。

全てが終わったら、すぐに打ち明けよう、そう決めた。


香代と別れてマンションに帰り、実羽は寝る支度を済ませてテレビをぼんやりと見ていた。

夜の十一時を回っても晴樹は帰ってこない。インターネット回線のことを聞きたかったのだが、実羽は彼と話をするのを諦めて部屋に戻った。

朝は自分も急いでいたので話しそびれてしまったのだ。

メールか電話をしようにも、連絡先をいまだに知らない。

それからの一週間、実羽は晴樹と顔を合わせなかった。

晴樹は忙しいらしく、実羽が起き出す前に出社している。帰りも実羽が眠る前に帰ってくることはない。

まるで実羽と顔を合わせたくなくて避けているように感じる。実羽の買い物やちょっとした用事に付き合ってくれるのは、いつも春日井だ。

晴樹と一緒に過ごす時間より春日井と一緒に過ごしている時間のほうが長い。美麗の相手は晴樹ではなく春日井だったのかもしれないと思うほどだ。

この日も実羽は晴樹に憤慨（ふんがい）しながら、スーパーで買い物をしていた。こんなに怒る必要がないのはわかっているが、どうにも腹に据（す）えかねる。

がっつりしたものが食べたくなって、鶏肉二枚とホウレンソウを買った。

他人の家の台所で揚げ物をするのはためらわれるが、今日はどうしてもからあげが食べたくなったのだ。

母に教わった通りに肉を漬け込み、鍋に油を注ぐ。肉に片栗粉をまぶして揚げていった。

すると玄関のドアがガチャッと開く音がする。驚いてリビングのドアに視線をやると晴樹がいた。

口を開けて突っ立っている彼に実羽は声をかける。

「おかえり……」

「何をしてるんだ？」

「お夕食作ってるのだけど」

「夕食……」

晴樹は不思議そうな顔をしながら実羽の手元をじっと見つめた。

「……食べる？」

「いいのか？」

「いっぱい、あるし」

「そうか、うん。着替えてくる」

やわらかい笑みを零して、晴樹はいそいそと自室に入っていく。

その顔があまりにも衝撃的で、実羽は手にしていたからあげを油の中にぼちゃんと落としてしまった。跳ねた油が手に当たる。

「あっつ……っ！」

手を振りながら急いで水につけて冷やす。

まさか笑顔一つでこんなにも取り乱すとは思ってもみなかった。仏頂面しか見たことがなかったのでそのギャップに動揺する。

実羽は手をタオルでよく拭きながら心を落ち着け、からあげ作りを再開した。

すぐに着替えを済ませた晴樹がやってきて、キッチンをじろじろと見る。

「お前、よく、料理をするのか？」

「私は自炊派だもの」

美麗が料理をするとは思えないのだが、まだ少し動揺していて、後先も考えずに素で答える。

実羽にとって料理は亡き母との大切な思い出なのだ。料理上手だった母はよく、実羽に料理を教えてくれた。外食がまずいというわけではないが、母の料理が一番実羽の口に合う。

「ねぇ、何かお汁飲みたい?」

「あるなら」

「わかったわ」

自分一人ならインスタントで済ませるが、他に食べる人がいるのならきちんと作ったほうがよい。

からあげを見つつ、実羽は小さな鍋にネギと油揚げのお味噌汁を作った。

カウンターキッチンの向こうから晴樹がじっと料理を作る実羽の姿を見ている。実羽は何だか居た堪れない気分になった。

「もうからあげできるから、ご飯とお味噌汁をよそってくれない?」

「は? 俺が?」

「俺以外の誰がいるのかしら」

晴樹は命令されたことに怒っているというよりも、声をかけられたことを純粋に驚いているようだった。だからか、文句も言わずにすぐに食器棚の前に移動する。

「茶碗なんかあったか……?」

「私のは持ってきたわ。あなたのも棚に入ってたわよ。引き出物か何かいただいたのをしまったまま放置してたんじゃないの？　一度軽く水洗いしたほうがいいわね」

「ふーん」

晴樹は物珍しげな顔をしながら、実羽に言われた通りに動く。その姿は何だか子どものようで可愛い。

彼は二人分のお茶碗を軽く水洗いした後、何かを探すようにキッチンの周りをうろうろし始めた。

「お茶碗拭くのだったら、そこにかかってるの使ったら？」

「ああ、これか」

声をかけてやると、何やら楽しそうに茶碗を拭き始める。

料理をしている形跡がなかったので、こういった作業が嫌いなのかと思っていたが、そういうわけではないようだ。

まるで、本当に同棲生活を始めたようで、実羽はくすぐったい気持ちになった。

「よし、できた」

からあげを大きな皿にキャベツと一緒に盛りつけ、手間取っている晴樹の代わりにお茶碗に白米をよそって、テーブルの上に並べた。

できたてのからあげをはふはふと頬張りながら、晴樹に視線を移す。

彼は黙っているがその口の端はわずかに上がっている。

「どう？」

　思わず実羽は晴樹に感想を聞いてしまった。

「普通」

　彼は、実羽を見て仏頂面（ぶっちょうづら）に戻り、可愛くないことを言う。

「普通って……、もっと言い方あるでしょう」

「五月蝿（うるさ）いな、普通なものは普通だ」

　晴樹の言い草に文句を言おうとしたが、からあげをどんどん口の中に放り込んでいくのを見てやめた。

（素直じゃない男）

　そんなことを思いながら、実羽も食事を進める。

「ただ……」

　不意に晴樹が、ぼそっと呟（つぶや）いた。

「え？」

「ただ、優しい味がするな」

　それは実羽にとっては最高の賛辞だった。おいしいと言われるより嬉しい。

　なぜなら、実羽だけではなく母が褒められたからだ。これは母から教わった味だった。

　その母の優しさを感じてくれた晴樹に、実羽はむず痒（がゆ）い気持ちになる。

「そう……」

嬉しくてありがとうと叫びたくなるのを抑えて、一言だけ返した。

食事を終えて片づけを済ませると、会話はなくなる。何か話題がないかと実羽は思考を巡らせ、ハッと思い出した。

「あ、そうだったわ。ねぇ、この家のインターネット回線のパスワード教えてちょうだい？　パソコンをネットに繋ぎたいのよ」

「は？　あー……」

晴樹は明らかに思い出せないというような顔をした。実羽は落胆する。

「パスワードの管理をなさっていないということでいいかしら」

「そんなことはない。ちょっと待ってろ」

晴樹はテーブルの上に置いてあったスマホを手にし、どこかに電話をかけた。

「あ、俺だ。マンションのネットのパスワードわかるか？」

相手は心当たりがあったらしく、会話はスムーズに進んでいく。

「わかった。メールで送ってくれ」

電話を切った晴樹は実羽のほうへ向き直り、怪訝そうな顔をした。

「何だ。人がせっかくパスワードを教えてやるっていうのに、そのアホ面は」

「いったいどなたに電話したの？　普通こういうものってご自分で管理しません？」

「引っ越した時、秘書に全部任せていたから俺は知らない」

「は、はあ……。そうなの……。春日井さんも大変ね」

「ん？　春日井じゃなくて、第一秘書のほうだ」

実羽にとっては第一だろうと第二だろうとどっちでも同じだ。

何にせよこれでネットに繋がるのなら文句はない。

早速届いたらしいメールを見ながら、晴樹は口を開く。

「口頭でいいか」

「え、そこはメモさせてくれない？　もしくはメールで……。あ、もう一つ聞きたいことがあったのを思い出したわ。連絡先を知らなかったのよね。連絡先、教えてちょうだい」

「必要あるか？」

「何で必要ないと思えるの……!?」

実羽は頭を抱えた。晴樹は実羽に教えるのがいやだというよりも、本当に必要だと思っていないようで不思議そうな顔をしている。

「今後何かしらの連絡が必要になるかもしれないじゃない！」

互いの連絡先ぐらい知っておいたほうがいい。

悪用するつもりは毛頭ない。美麗が戻ってきたら実羽のアドレス帳からは消せばいいだけの話だ。

「例えば、あなたが早く帰ってくることがあって夕飯を家で食べたい時は連絡くれるとか。私は基本自炊をしているけれど、突然帰ってきても今日みたいに二人分あるとはかぎらないのよ」

「別に頼んでない……が、まあいい。ほら」

「え、あ……、りがとう」

晴樹が面倒くさそうにスマホを実羽に渡してきた。

画面を見ると、晴樹のメールアドレスと番号が書かれている。

実羽はスマホを取り出して彼のアドレスを登録し、急いで晴樹のスマホに自分の連絡先を美麗の名前で登録した。

「一応私の連絡先も教えておくわ。本当にもし家で夕飯を食べるなら一言連絡もらえれば……作るし」

実羽は晴樹のあの笑顔をもう一度見たいと思った。

晴樹を素直じゃない男だと感じたが、実羽も大概素直ではない。

それ以来、晴樹は時おり早く帰ってくるようになった。

毎度連絡を入れてほしいと伝えるものの、彼から早く帰るという連絡が来たことは一度もない。

ただ第一秘書である笹川(ささがわ)からメールが届くようになった。晴樹が何時に帰宅予定か、昼食に何を食べたかなど細々(こまごま)伝えてくる。

メールぐらい自分で打てばいいのにと、実羽は苦笑した。

晴樹が夕食を取る頻度が高くなったので、実羽は常に二人分作るようになった。彼が食べなかったら次の日の実羽の朝食かお弁当になる。

こうして、二人の同棲生活がゆっくりと進み出した。

そんな土曜日の午後。

実羽は前日にレンタルビデオ店で借りたブルーレイディスクを手に、リビングに向かった。

このリビングには晴樹の趣味なのか秘書が気を利かせたのか、ホームシアターの設備がある。

天井にあるスクリーンを下ろしプロジェクターを起動させればシアタールームの完成だ。

映画のお供に飲みものとポップコーン、そしてチョコレートを用意する。

いそいそとディスクをセットした時に、リビングの扉が開いた。

珍しく晴樹は出かけていなかったようだ。

スーツ姿しか見たことがなかったので、私服で家にいるのがとても不思議に思える。

「映画見るのか？」

「そう」

「ふーん」

興味なさそうに言うので、すぐにリビングから出ていくかと思ったら、晴樹は実羽の隣に腰を下ろした。

「え？　見るの？」

「ああ、別にいいだろ」

「構わないけど……。アクションやミステリーじゃないわよ？」

「ホラーか」

「何でよ！　ホラーも嫌いじゃないけど、今日は恋愛映画！」

晴樹のようなタイプが恋愛映画に興味があるとは思えないから忠告したのだが、彼は実羽の隣から動かなかった。どうやら一緒に見るようだ。

実羽としては彼がいようがいまいが、映画が見られれば問題ない。

カーテンを閉めて部屋を暗くし、再生ボタンを押す。

最新映画の宣伝が終わると、ゆったりとした音楽が流れて映画が始まった。

この映画は、冴えない青年が長年片思いをしていた女性に振られるシーンで幕を開ける。自棄になって飲み歩いた青年は、辿りついた深夜のバーで同じように恋人に振られた女性に出会う。二人は意気投合して一夜を共にしたが、青年が目を覚ますと女性は忽然と姿を消していた。青年は、もう一度その女性に会いたくて捜すことにする。

傷ついた二人がそれぞれの道を歩きながら、少しずつ成長していく温かい物語だ。

冒頭の男女が絡むシーンで、実羽は隣にいる晴樹に意識が向いてしまった。普段は平気なのだが、なぜか今日は気になってしょうがない。

どうにか晴樹から意識を逸らし映画に集中する。

幸い映画が面白かったおかげで、エンドロールが流れるころにはすっかり物語にはまっていた。

ハッピーエンドとは言えない切ない最後に涙が零れる。

不意に晴樹が実羽の顔を覗き込んだ。

「泣きすぎだろ」

「うっさいなー、だって切ないじゃない」

「そうか？　お前の泣きどころがよくわからん」

そう言いながらも、晴樹は実羽のためにティッシュを取ってきてくれる。

実羽はひとしきり泣いた後に、次の映画を何にするか考えた。

「次は何を見るんだ？」

晴樹に聞かれて驚く。まだ、一緒に見るつもりなのだろうか。

「ええと、最近レンタル化されたばっかりの宇宙のやつか、洋画だけど昭和歌謡曲が出てくるらしいラブ……ホラー……？」

「なら、宇宙のやつで」

結局この日、残り二本も晴樹と一緒に見た。

また少し、二人の距離が縮まったような気がする。それと同時に、実羽はどんどん地が出始めてしまっていた。

そして月曜日。実羽はいつもより三十分早く起きて朝ご飯を作ることにした。

今までは出社途中で朝食を買っていたが、そろそろ金銭的に厳しくなってきている。

きちんと美麗のメイクだけはしてリビングに向かうと、すでに晴樹は起きていた。実羽を見て驚いた顔をする。

「早くないか？」

「朝ご飯作ろうと思って」

「ふーん、何？」

「今日は食パンとオムレツとサラダとヨーグルト」

実羽は晴樹の言いように不機嫌な声で朝食のメニューを伝える。

「ベーコンは？」

「あるわよ」

「二枚」

晴樹は実羽を見て笑ってみせた。

それは、自分の分も作れということなのだろうか。

相変わらず頼みごとが下手な人だなと苦笑しつつ、実羽は朝食を作り始めた。

手早く作ってテーブルに並べていくと、晴樹は新聞を読むのをやめてオムレツにケチャップをかけている。

実羽はそれを目の端で見ながら、自分のオムレツに塩を一つまみかけた。

「塩か？」

「そ、おいしいよ」

「普通オムレツってケチャップじゃないか？」

「塩もおいしいってば」

「どうだかな」

好みは人それぞれだし、食べものは特に好き嫌いが分かれる。ただ、食べたことがないのに、自分の嗜好（しこう）を否定されて、実羽は腹が立った。

唇を尖らせながら、フォークで刺した自分のオムレツを晴樹の前に差し出す。

「文句は食べてから！」

「なっ、お前な！」

晴樹は頬を少し赤くして、身体を後ろに引いた。明らかに動揺している。

実羽はさらにオムレツを晴樹に近づけた。ぐいぐいと口にフォークを持っていく。

「いいから、早く口入れて！」

「口が悪いなっ、ごふっ……んぐ……、美味い」

口を開いた瞬間にオムレツを中に入れて、フォークを引き抜く。晴樹はオムレツが変なところに入ったのか、少し咳き込んでから呑み込んだ。

実羽は満足して、椅子に座り直し食事を再開する。

「お前な……、フォークは危ないだろフォークは」

晴樹が呆れたように呟く。

「あ、ごめん。食べさせるのに夢中で気づかなかった……」

確かにフォークは危なかった。喉に刺さったら大事だ。

実羽は素直に謝る。いくら何でも大人げなかった。

実羽が反省しつつパンを齧っていると、晴樹が話しかけてくる。

「はあ、全く気をつけろよな。……塩取ってくれ」

「うん！」

どうやらケチャップがかかっていない部分にかけるつもりらしい。

塩で食べるオムレツを気に入ってくれたようで実羽はとても嬉しかった。いそいそと塩を晴樹に手渡す。

二人で朝食を食べ終え、実羽は化粧をし直しに部屋に戻った。

廊下を歩く音が聞こえて、晴樹が出社しようとしているのがわかる。

黙って玄関に行くのだろうと、机の前から立ち上がって実羽が扉に向かうと、コンコンとノックの音が聞こえた。扉が少し開き、晴樹が顔を出す。

「おい、俺はそろそろ行くぞ」

「え、あっ、と、うん！　いってらっしゃい……」

「ああ、いってくる」

驚きすぎて固まったまま晴樹を見送った。

「初めて、あっちから挨拶してきた」

思わず、目尻が下がり、口の端が上がる。暖かくて穏やかな風が心の中に吹く。

実羽は弾（はず）んだ気持ちでマンションを出た。

連日の雨はいつの間にかやみ、見上げると、綺麗な空が見えた。

＊＊＊

六月も半ばを過ぎた。

今日の朝食はどうやら和食らしく、彼女はいそいそと食事の支度をしている。晴樹は朝刊に目を通すフリをしながら、それをカウンター越しに眺(なが)めた。

「ねー、手伝ってー」

すぐに、彼女は晴樹に向かって命令する。

「はいはい」

晴樹は立ち上がって、キッチンから味噌汁とご飯をテーブルに運ぶ。

自分にこんなことをさせるのは彼女ぐらいだ。

初めて会った時から彼女は気が強くて生意気な女だった。

ただ、身辺調査の報告にあったような派手好きな浪費家ではない。

調書と差異があることにはもうずっと前から気づいていた。報告書が間違っているのか、それとも彼女のほうが地を隠しているのかはまだわからない。

晴樹はもう一度、彼女を見た。彼女は機嫌よさそうにテーブルに料理を並べている。

彼女の作る料理はどれも典型的な家庭料理だ。晴樹はこういった家庭料理とは無縁な生活を送ってきたため、幼いころから憧れていた。

思わず端が上がってしまいそうになる口を、いつも引き結んでこらえている。

こうした自分のために作られる料理が、こんなに温かく優しいものだとは知らなかった。

味噌汁を一口啜（すす）ってから、出されている納豆を見る。

「……何だこれ？」

「何だって、納豆だよ」

「それはわかるが、何が入ってるんだ？」

「我が家は卵とネギを入れるの。おいしいわよ」

彼女の言っていることは、時々変だ。宮島家の食事で本当に納豆が出ることがあるのだろうか。

調書を見るかぎり、そんなイメージはない。

「……」

「無言にならないで。騙（だま）されたと思って食べてみて。食べてくれなきゃスマホは渡さないから！」

「おっ、前は……、本当に呆（あき）れることをするな」

食べずに済まそうとした晴樹に気づいた彼女は、テーブルの上に置いていたスマホを奪い取ってそんなことを言い出した。

ますますもって、宮島のご令嬢とは思えない言動だ。

晴樹はため息をついてから卵とネギが入っている納豆を口に含む。そもそも、こうして納豆を口にするのは久々だった。彼女が来るまでは基本外食かデリバリーだったのだ。久々の納豆もこれはこれで美味(うま)いと思える。

ただ、それを素直に伝えるのは癪(しゃく)だったので「普通」と答えた。

「普通って……」

「普通だ。別に、悪くはないがな。ほら、俺のスマホを渡せ」

「はーい」

彼女は仕方ないといったようにスマホをテーブルの上に戻す。

食事を終え、晴樹は出社の支度に取りかかった。彼女も自室に引っ込んで化粧などをしているようだ。

調書を読んだかぎりでは、彼女は花嫁修業中で仕事はしていないはずなのに、毎朝決まった時間に起きて必ず何かの準備をする。

早起きが習慣なのか、毎日どこか行くところがあるのか、春日井に調べさせようかと考えたが、今のところ必要がないのでやめた。

晴樹が仕事に行っている間に彼女がどこに行って何をしていようと、あまり興味はない。

想像していた宮島美麗と、実際に会った宮島美麗の違いに少し戸惑っているだけだ。

マンションを出て、こんこんと降る雨を横目に車に乗り込む。

晴樹は窓の外を眺めながら今回のことの始まりを思い出していた。


五月の初旬、晴樹は祖父から呼び出された。

祖父が住む本家へ両親と共に向かう。晴樹にとって本家は憂鬱な場所だ。

両親もあまり本家が好きではないようで、祖父の呼び出しがないかぎり出向こうとはしない。

その原因は祖父自身ではなく、晴樹に対する親族の風当たりが強いことにある。

晴樹は両親の実子ではない。

晴樹を産んだ実母は大倉の娘だが、家が大嫌いだったらしく、出産後すぐに父親が誰とも告げず晴樹を置いて家を出ていった。晴樹は祖父に引き取られたものの、忙しい祖父と一緒に過ごした記憶はほとんどない。祖母はすでに亡くなっており、物心ついたころには、晴樹はいつも一人だった。

そんな晴樹をアメリカから帰国した実母の兄が養子にしてくれたのだ。伯父の妻である伯母は子どもが作れない身体だったらしい。

だから、晴樹は今の両親にとても感謝している。自分は幸運だとも思うが、実の母親に捨てられ、父親が誰なのかわからないのは事実だ。そのため親戚の中では立場が弱い。それでも祖父は晴樹を可愛がり、父の会社の社長にと推してくれた。大倉家では祖父の言葉は絶対なので、無事晴樹は父の会社を継げている。

そう、祖父の意見は絶対なのだ。

「私の仲のよい友人の最後の頼みでな。この家のご令嬢と結婚してほしい。お相手の年齢もちょうどよいだろう」

「しかし、お義父様……」

「詳しくはここに書いてある」

母が何か言おうとしたが、祖父はそれを遮り、宮島美麗という令嬢の身上書を晴樹に手渡した。晴樹は小さく息を吐いて、その書類を手に立ち上がる。

「わかりました。他に何かありますか？」

「試しに六月から一緒に生活してみなさい。どうしても合わないようなら、考え直そう」

「父さん！　それに、晴樹」

父に咎められたが、晴樹は笑って玄関に向かう。祖父の意見は絶対だ、もとより晴樹に逆らうつもりはない。

晴樹は祖父に育ててもらった身だ。祖父がいなかったら、今の晴樹は存在しなかった。

結婚ぐらいどうってことない。

幸い今、晴樹には付き合っている女性はいなかった。

心配そうな顔をして追いかけてきた両親に、自分は大丈夫だと説明し、自宅まで送った。

二人は最後まで断っていいと言ってくれた。自分にはもったいないほど優しい親だ。

その後自分のマンションへ戻り、机に身上書を投げ置く。

「……結婚か」

晴樹は冷蔵庫からミネラルウォーターを取り出し喉を潤しながら、書類に目を通す。

相手は祖父が以前よくしてもらったという人の孫娘。年齢は二十六歳で、これぞお嬢様といった経歴の持ち主だった。

素行調査もすでにしたらしく、その報告書も付いている。

「典型的だな」

両親に甘やかされて育ち、現在は花嫁修業という名のすね齧りだ。

普通の男であれば悩ましいところなのかもしれないが、晴樹には都合がよかった。愛情が持てなくても、彼女の自尊心は満たしてやれるからだ。祖父の前と公の場で夫婦を演じてくれるのならば、何の問題もない。

祖父はすぐに結婚しても構わないと思っていたそうだが、相手のほうから籍を入れるのなら四ヶ月後の彼女の誕生日にしてくれと言われたようだ。

深い息を吐き、晴樹はハウスキーパーに連絡を入れた。

「今月の終わりまでに、空いている部屋を片づけておいてくれ。ものは何も入れなくて構わない」

ちょっとしたものを置いているだけの部屋を片づけて彼女の部屋にすることにする。家具はこだわりがありそうなので、自分で持ってきてもらったほうがいいだろう。勝手に用意して、文句を言われるのが面倒くさいというのが本音だ。

晴樹は大きな窓からネオンの光で輝く街並みを見下ろす。美しいと不動産店が自慢していた景色だが、晴樹には何も感じられなかった。


彼女が来る当日。

晴樹は仕事を早めに切り上げてマンションのエントランスで待った。

事前に聞いていた時刻になると、顔を強張らせた彼女が秘書を連れてやってくる。見た目は写真よりも地味な印象を受けた。

部屋に案内し、特に話すことはないので基本は放っておいたら、布団の話で喧嘩になる。

翌日の早朝、寝ぼけていつも通り自室に向かい、ベッドに寝転がると、持っていないはずの抱き枕があったのは記憶に残っていた。けれど、頭が完全に起きるまでそれが彼女だということに気づかず、先に起きた彼女に枕で顔面を思い切り殴られる。

その彼女の反応でこの結婚に乗り気じゃないのだなとわかり、何となく面白くなかった。

それに一緒に生活をしているうちに、身上書の印象とだいぶ違うと感じる。

晴樹は会って数日でじわじわと違和感を覚えた。

翌々週、出社してすぐに、第一秘書の笹川とその日一日のスケジュールを確認する。

「社長、こちら先週分の請求書です」

「請求書？」

「ええ、奥様がお使いになられた分です」

「……まだ結婚はしていない」

「でも、いずれ奥様になられるのでしょう？」

笹川は義務的な笑みを浮かべる。晴樹はため息をつきながら、手渡された請求書に目を通した。

「……これだけか？」

「そうですけど、何か？」

「いや、下がってもらって構わない」

「失礼いたします」

笹川が去ったのを見送ってから、改めて彼女に渡したクレジットカードの請求書に視線を移す。

「使ってないな」

ぼそりと小さな声が漏れた。

カードの明細書には布団とキッチン用具、あとは食材を買っているらしいスーパーの名前が明記されている。

カードを渡した時にはある程度の浪費を予想していた。愛情を渡せない償(つぐな)いのつもりだ。

けれど、これはいったいどういうことなのか。彼女はアクセサリーや鞄(かばん)や服に興味がないのか。

確かに彼女の服装は、質素なものが多い。

晴樹は髪の毛をかき上げながら、違和感が深まるのを感じた。

第三章　甘雨

晴樹と暮らし始めてから一ヶ月以上が過ぎた。

実羽は祖母の四十九日の法要を済ませて実家に戻ってきている。

今日は会社を休んで寺に行ってきたのだ。

人が住んでいない家は、空気が淀んでいて湿気ている。実羽は家中の窓を開けて換気した。

たった一ヶ月留守にしただけで、まるで他人の家のように感じる。

まず掃除機をかけ、細かい部分を雑巾で拭いていく。それが終わってから、祖母の部屋に向かった。ベッドはすでに撤去してあるが、タンスと服はそのままだ。

すぐに片づけるべきなのかもしれないが、せめて四十九日が終わるまではそのままにしておこうと手をつけていなかった。

もっとも、祖母が亡くなった直後に伯父たちのことがあったし、晴樹との生活で忙しかったので、動けなかっただろうが。

晴樹との生活は実羽の心を軽くしてくれていたのではと、今さらながら気づく。

彼と言い合いしながら暮らすのが、案外楽しくなってしまっている。一人になってしまった寂しさを思い出す暇もなかった。考えることや、やらなければいけないことがあると気が紛れる。

最初は居心地の悪さばかり感じた彼のマンションにもすっかりなじみ、実羽は、美麗のフリをしていることを忘れてしまうことがある。それではいけないとわかっているが、いつまで経っても実羽には難しい。

口調も最近やっと慣れてきたとはいえ、しゃべりにくくてたまらない。

だいたい、実羽が頼まれたのは美麗が見つかるまでの晴樹との同棲だ。美麗が入れ替わった後の問題は美麗自身が解決すればいいという開き直りたい気持ちもあった。

こんなことでは、父の絵が手に入らないかもしれないと、実羽はため息をつく。

頭を振り思考から晴樹のことを追い出す。気合を入れ直して祖母の部屋の桐ダンスを開け、服をゴミ袋の中へ入れていった。

とっておいても虫に食われて使いものにならなくなるかもしれない。忍びないが捨てる決断をしたのだ。

本当は捨てたくないが、祖母にも必要なもの以外は処分するように言われている。

寂しいけれど、言いつけ通りに実行していく。これは祖母がくれた、祖母との別れの儀式だ。

思えば、両親の時も同じで、必要ないものは全て捨てた。

そのため、手元に残っている両親の形見はあまりない。

父が長年描いていた絵で売れなかったものは、美術館に寄付してしまった。

だからこそ、どうしてもあの絵が欲しい。

あれは父が初めて母のために描いたものだそうだ。母はあの絵が一番好きだとずっと言っていた。祖母もあれをもう一度見たかったと時々実羽に語ってくれた。

それがすぐ目の前にある。実羽にとって何より価値のあるものだ。

あの絵のために実羽は行動している。それを忘れてはいけない。

晴樹と一緒にいると、怒ったり喜んだりと様々な感情が湧いてきて、今自分が美麗を演じているんだということが頭から抜け落ちてしまうのだ。

実羽は自分の頬を軽く叩いて、いつの間にか止まってしまっていた手を再度動かし始めた。

結局夕方になっても片づけは終わらず、手をつけられなかったものがいくつか残る。

祖母は衣装持ちだった。いつも綺麗にしていたなと思い出す。あこがれの人だ。

実羽はため息をついて作業をやめた。

シャワーを軽く浴びて、美麗になるための化粧を施す。派手な化粧や派手な服も、だんだんと見慣れていった。だからといって似合っているとはいまだに思えない。何となく服に着られている感があるのだ。

鏡で自分の全身をきちんとチェックしてから、電車で晴樹のマンションに戻った。

マンションに戻ると晴樹はまだ会社にいるらしく、家の中は静かで音がしない。

誰もいないのは初めてでもないのに、今日にかぎって実羽の気分はひどく沈んだ。

一人で長くリビングにいる気になれず、自分の部屋にさっさと引きあげ、布団の上にぼふんと身体を預ける。うつ伏せで寝転がり、スマホを弄った。

最近ダウンロードしたアプリゲームを起動して少し遊ぶが、早々にスマホを放り投げ、枕に顔を埋める。

「……気分が乗らない」

晴樹との生活はいずれ終わる。そうすれば、自分は一人になってしまう。

実羽はごろりと仰向けになって高い天井を眺めた。

未来のビジョンが何も浮かんでこない。

小学生のころは、自分は二十代前半で結婚して子どもを二人ほど産んで、平凡な人生を送るんだと漠然と思っていた。

平凡でどこにでもある夢を叶えることが、どれだけ大変なのか大人になって知る。

「私は、父さんの絵を手に入れた後、どうやって生きていくんだろう」

もそもそと起き上がって、クローゼットを開ける。両親と祖母が笑っている写真に両手を合わせながら、話しかけた。

「どうすれば、いいと思う？　難しいことばっかりでわかんないや。頑張って生きるつもりだけどさ……」

体育座りをしながら、こてんと首を傾けると不意に晴樹の顔が浮かんだ。しかも、優しく微笑んでいる顔だ。

いつも仏頂面で態度の悪い彼なのに、なぜ笑顔なのだろう。

第一印象は最悪だった。伯父に言われた通りあまりかかわらずに過ごせばよかったと今さら思う。一緒に食事などするからいけなかったのだ。

初めて実羽の料理を食べた彼の言葉、『優しい味がする』。それが、泣きたくなるほど嬉しかった。

あれから晴樹は早く帰宅して一緒に食事を取るようになっている。そうして、二人で過ごす時間が少しずつ増えていったのだ。

二人で過ごす時間がこの寂しさを埋めてくれていたことに実羽は気がついていた。

頬に雨に似た雫が、ぽろりと落ちる。

「え？　うそ……」

指で涙を払っても止められず、どんどん零れて服に染みを作った。

「……やだな」

実羽は自分の身体をぎゅうぎゅうと抱きしめ、首を横に振った。

しばらくそうやって真っ暗な部屋で蹲っていると、ぐぅーっとお腹の音が鳴る。

実羽は深く息を吐き出して立ち上がった。こんな時でも空腹になるとは笑ってしまう。

顔を上げてキッチンに行き、夕食の支度を始めることにした。

今日の夕飯はどうしようか。

正直、レトルトのカレーで済ませたいのだが、晴樹も食べるだろうと思うとそうもいかない。

冷蔵庫の中身を確かめて簡単にチャーハンを作った。

自分の分だけ取り分けて、さっさと食べてしまう。残ったチャーハンはラップをかけた。

こんな日は風呂に入って寝てしまうにかぎる。

ちょうど風呂場に向かう途中で晴樹が帰ってきた。

あまり顔を合わせたい心境ではなかったが、仕方なく挨拶する。

「おかえり」

「ただいま……」

晴樹は少し眉間に皺を寄せながらこちらを見る。彼に何かを言われるのが面倒で、実羽は風呂場に逃げた。

湯船につかりながら、先ほどの態度を後悔する。

けれど、これでいいのかもしれない。これ以上実羽が晴樹と仲よくなるのは好ましくないことだ。

そう考えると、トゲが刺さったように胸が痛む。

伯父のことも晴樹のことも、いろいろなことが億劫になり、実羽は風呂から出るとそのまま自室に戻り布団を被った。

真っ暗な部屋の中で、両手で身体を抱き目を閉じる。

しばらくすると、実羽の部屋の前を何度も行ったり来たりする足音が聞こえてきた。

「……？」

少しだけかけ布団から顔を出し、実羽はドアに視線を向ける。

足音が止まった。

もしかしたら晴樹が自分に用があるのかもしれない。けれど、一向に入ってこず、微かな息遣いだけが聞こえる。

結局、声をかけられるわけでも、ドアをノックされるわけでもなかった。晴樹はそのまま自室に戻っていったようだ。

実羽は鼻を啜って、もう一度目を瞑った。

晴樹の気配のおかげで少し落ち着く。先ほどまで眠気などなかったのに、今度はゆったりと眠りに落ちた。


祖母の四十九日から一週間が過ぎた。

あれ以来、気持ちが浮上せず、実羽は会社で初歩的なミスばかりしている。

例えばコピーを頼まれた書類を間違えたり、印刷枚数を間違えたあげくにコピー機を詰まらせたりだ。計算を一桁間違え、あやうく経費に赤字を出すところでもあった。

何をやっても駄目な日というものもあるが、一週間も続くのはあまりにひどい。

仕事だけでなく、家事もご飯の水加減を間違えやわらかくしすぎたり、調味料を取り違えたりと、あり得ない失敗を連発している。

おいしいご飯を食べて落ち着きたいのに、それすらできない。

「もう……最悪。このお弁当本当まずい」

仕方なく買って帰ったコンビニのお弁当は口に合わず、実羽は思わず涙を零した。

ぽたりぽたりとお弁当の中に水滴が落ちていく。

「……母さんのご飯が食べたい」

あの味が食べたい。母特製ハンバーグに父が大好きだったクリームシチュー、祖母の手作りドレッシングがかかったサラダ。

　次々と頭の中に浮かんでくる料理と思い出。

　実羽の作った料理を優しい味だと言ってくれた晴樹なら、きっと母の料理を気に入るだろう。

　鼻をすんすんと啜（すす）りながら食事をしていると、リビングのドアが開いた。晴樹が帰ってきたのだ。

　しまったと思ってももう遅く、実羽は晴樹に泣き顔を見られてしまった。

「なっ……。ど、どうしたんだ!?　何があった」

「まずい」

「は？」

「お弁当がまずい」

　実羽のわけのわからない答えに晴樹は変な顔をしたが、それ以上は尋ねてこなかった。そしてなぜか弁当に蓋（ふた）をしてゴミ袋に入れてしまう。

「とりあえずその顔を何とかしろ、十五分したら出る」

「え？」

「ほら、さっさとしろ。何もしないなら、その顔のまま外に出るぞ」

　実羽は晴樹に言われて洗面所の鏡で自分の顔を確認した。涙でアイメイクがぼやけ化粧がボロボロになっている。

実羽は急いで化粧を直し、廊下に出た。晴樹はラフな格好に着替えて、待っていてくれた。

「行くぞ」

実羽の腕を強引に取り、手を繋いで歩き出した。

実羽はその手を振り払おうとは思わなかった。どこに行くのかと問う気にもならない。

（あったかい……）

晴樹の手を握っていると、不思議と安心できる。

彼は地下にある駐車場に向かう。実羽はここに来るのは初めてだ。

目の前には、総額いくらになるか考えたくないほどの高級車がずらっと並んでいる。

晴樹の車は実羽でも知っている有名なメーカーの外車だった。

実羽は車の左手に回ろうと動くと、繋いでいた手を晴樹にぐっと引っ張られる。反動で晴樹の胸に飛び込んでしまう。

思わず、「ひぁっ」と声が出た。

「馬鹿、左ハンドルだ」

「……あ、そっか」

普段なら「馬鹿って言うな」ぐらい言い返すところだが、今の実羽にそんな気力はない。

静かな実羽に晴樹の眉間の皺がより深くなった。彼は実羽の頭をぐしゃりと撫でて、さっさと運転席に乗り込む。

実羽も慌てて助手席に座った。

中はシックな黒で統一され、椅子の座り心地がいい。

シートベルトを締めると、静かに発進した。

レンガ風の道にお洒落な街灯。どれもいつもと違って見える。

無言のまま十五分ほど車を走らせたころに、晴樹がコインパーキングに車を停めた。

「先出てな」

「うん」

言われた通りに車を降りて、実羽は星空を見上げる。すると、晴樹に声をかけられた。

「おい、こっち」

晴樹はすでにコインパーキングの出口に向かっている。実羽は慌てて彼の背中を追いかけた。

見失わないように焦っていると、晴樹が立ち止まりこちらに手を差し伸べる。

「……」

その手を取ることが正しいことかどうか実羽にはわからず、彼の手と顔を交互に見ていたら、ため息をつかれた。結局、痺れを切らした晴樹に強引に手を包まれた。

手を繋いで夜の繁華街を歩く。ぽつりぽつりとお店がある横道に晴樹は入り、そのうちの一つの暖簾(のれん)をくぐった。

暖簾(のれん)には〝割烹(かっぽう)料理　彩(あや)〟と書いてある。

「こんばんは」

「晴ちゃん、待ってたわよ。ほらほら、奥入って」

「ありがとうございます」

綺麗な着物を着た女性が笑みを浮かべて二人を迎え入れてくれた。晴樹は勧められるまま、奥の座敷に向かう。

落ち着いた店内ではお客が楽しそうに食事をしていた。優しい雰囲気でどの顔もみな幸せそうだ。

奥の座敷に腰を落ち着けしばらくすると、先ほどの女性が顔を出す。温かいタオルを手渡され、注文を聞かれた。

「えっと……」

「ビール二つ、後はお任せでお願いします」

「わかったわ。晴ちゃんの好物も持ってくるから。……ところで、この方が晴ちゃんの？」

「まあ、そんなところです。落ち着いたら、今度ちゃんと紹介します」

晴樹がさっと注文を済ませてしまい、実羽が口を出す隙はなかった。

「ねぇ、車で来てるよね？　ビール飲んだら駄目じゃない」

「大丈夫だ。さっき連絡して車を取りにこさせているし、迎えにくるように言ってある」

「もう……。なら最初から車で来なきゃいいのに」

連れてきてもらっておいて何て言い草だと自分でも思うが、実羽が文句を言うと晴樹はホッとしたような表情になった。

「何だよ。元気じゃないか」

相変わらず口調は乱暴だが、その目は優しい。

今さらながら、晴樹が自分を元気づけようとしていることに実羽は気づいた。

「さっきの人は、知り合いなの？」

「俺の両親の友だち。父がここの大将と仲がよくて、さっきの人はその奥さん。女将さんをやってる」

だから彼女は晴樹のことを〝晴ちゃん〟と呼んだのかと実羽は理解した。

「ご両親の友だち……」

「そっ。大将は会社勤めしてたんだけど、突然辞めて修業してこの世界に飛び込んだんだ」

「へぇ、凄い人なんだね」

晴樹は嬉しそうにしている。

ここは晴樹にとって大切な場所なのだと実羽にはわかった。

そんな場所に自分を連れてきてくれたんだと思うと、実羽の口角は自然と上がる。

しばらくすると、女将が戻ってきた。

「はい、ビールとお通し」

「ありがとうございます」

女将はにっこりと笑って出ていく。もう実羽について晴樹に聞こうとはしなかった。

実羽はその心遣いに感謝する。

ここで晴樹に紹介されても、そもそも実羽は美麗ではない。それに、今の実羽に美麗になる気力はなかった。

ビールを一口飲んでからお通しを口に入れる。穏やかで優しい味がした。

次々と出される料理に舌鼓を打つ。

身体が温かくなり心が凪いで、ボロボロと涙が零れた。

「おい、しい……」

「そうか」

晴樹はただ黙々と食事を取っている。その不器用な優しさが実羽に伝わってくる。

食事を終えて、大将と女将(おかみ)に挨拶をする。

すでにタクシーが来ていて、あっという間にマンションに帰宅した。

交互に風呂に入る。実羽は晴樹の前だというのに、化粧をしなかった。

怒る伯父の顔が一瞬、頭をよぎるが、すぐに消えていく。もうかなり素の自分を晴樹に見せてしまった。今さらだ。

ソファに座っていた晴樹に寄り添った。彼はお気に入りのワインをチーズと一緒に食べている。実羽は少しもらった。

「そろそろ寝るか」

晴樹が立ち上がり、ワイングラスを片づけようと手に取る。

実羽は思わず晴樹の服の裾(すそ)を掴み、震えながら小さな声で呟(つぶや)いた。

「さみしい……」

「……」

晴樹は無言のまま歩き出し、実羽の手の中から服がするりと抜ける。

俯(うつむ)いているとガチャッとグラスを片づける音が聞こえた。

実羽は未練がましくソファに座り込む。不意に影が差し、顔を上げると晴樹が真っ直ぐ実羽を見つめていた。

「来るか?」

晴樹は頬をかきながら不器用な笑みを浮かべた。

実羽はふらりと立ち上がり、晴樹の胸元に顔を埋めた。腰を抱かれてそのまま彼の部屋に入る。

晴樹の部屋は、前に一度入った時と何も変わってはいなかった。

扉が閉まり、晴樹に強く抱きしめられる。

その力強さに実羽は安堵した。

それなのに、胸の高鳴りが落ち着かない。

晴樹の背に両腕を回すと、首筋に唇を落とされた。つーっと首筋を舐められ、寝巻きの裾から入り込んだ手に背中を撫でられる。

「ん……」

胸が彼の熱い身体で押しつぶされ、尖り出した頂が擦れてむず痒い。

晴樹の唇は首から耳朶へ移り、ちゅっという音が耳の奥に響く。

彼の甘い息が耳にかかり、実羽の脚から力が抜けた。がくんと崩れ落ちそうになるのを支えられる。

「立っていられないか？」

全身があまりに敏感になっている。実羽は素直にこくんと頷いた。

晴樹が数歩前へ出ると、実羽の背中が壁にぶつかる。

壁に身体を預けた実羽は、寝巻きのボタンをゆっくりと外された。

すぐに胸が露わになり、疼く頂が彼の目に晒された。

じっと見つめられる視線を感じて、実羽の全身が戦慄く。

首や頭にキスをしていた唇がだんだんと下りていき、胸の頂にちゅぱっと吸いついた。

「んっ……」

胸の下部分をぬるりと舐められ、実羽の口から息が漏れる。

舌がさらに下りていき、臍の周りを舐められた。

全身の火照りを感じていると、寝巻きの下をずるりと下ろされる。

はっ、はっと息を吐きながら、晴樹の顔を見た。

彼は膝をついて、こちらを見上げている。その顔は欲望に濡れ、ひどく妖艶だ。

彼の指はゆっくりと太ももを這い、愛液でじっとりと濡れ始めている実羽の下着をぐちゅりと撫でた。

実羽の様子を確かめながら、あますところなく触れて、舐める。

実羽の身体はさらに熱を持って、なぜか涙が一粒ぽろりと零れた。

「……」

晴樹の肩が一瞬びくりと動く。けれど彼は何も言うことなく、実羽の下着をずらして隠されたその場所に唇を寄せた。

「あ、っ、んぁ」

ちゅっと優しく口づけられたと思うと、ぷっくりと膨れ出した花芯を咥え込まれ、熱い舌で嬲られた。その甘い刺激に思わず実羽の腰が引ける。

すがれるものを探して、晴樹のやわらかい髪の毛をくしゃりと掴んだ。

晴樹の腕が実羽の腰に回り、ぐっと強い力で引き寄せられる。

実羽は甘い嬌声を上げながら、彼の愛撫を受け入れた。

じゅるじゅると淫猥な音を出しながら、花芯が彼の舌に舐めしゃぶられる。

実羽は目の前がチカチカと光るのを感じた。脚が震え、絶頂がすぐそこまで来ていることがわかる。

止まることのない愛撫にびくんと腰が動き、花芯を甘噛みされた瞬間に全身が痙攣した。

「んあぁあっ、あっ……ん」

がくんと崩れ落ちる身体を晴樹が支えてくれた。

彼は自分の唇を手の甲でぬぐうと、実羽を抱き上げて、ベッドの上に寝かせる。実羽の寝巻きのボタンを留めながら、脱がせた下を手渡してきた。

その間、一言も彼はしゃべらない。

「……?」

不安になって実羽が首をかしげると、頭をぐしゃっと撫(な)でられる。

嫌われたわけではないのかと少し安心して、渡された寝間着の下を穿(は)いた。

下着が濡れているのでちょっと気持ち悪い。

そのままベッドに身体を預けると、晴樹は隣に寝転がりかけ布団をかけてくれた。そして実羽の腰を抱き寄せ、子どもをあやすように背をとんとんと叩く。

「寝ろ」

「どう、して？」

まさかこんなところで終わらせられるとは思っていなかったので、実羽はわけがわからなくなる。

だが、晴樹がそういう気分ではなくなったわけでも、不能だというわけでもなさそうだ。

実羽の太ももに当たるそれが示している。

「でも、あの、……あなたは？」

濁(にご)すように聞くと、晴樹は実羽の後頭部も抱き寄せ軽く撫(な)でた。

「俺はいいんだよ。お前は、ありがたく思いながら寝ろ」

「何それ……」

本当に不器用な男だ。

実羽は一定のリズムで背中を叩かれているうちに、だんだんと身体から力が抜けていくのを感じた。

晴樹の胸元に顔を擦りつけ、彼の寝巻きに涙の染みをつけていく。

「さ、さっい……きん、何、やっても……うまくいかなくてっ。何か、……感情がうまくコントロールできない」

一度話し始めると、我慢できなくて嗚咽が漏れる。晴樹は何も言わずただ背中を撫でてくれた。

背中に回した手とは逆の手で、実羽の目尻の縁に溜まった涙をぬぐう。

「んっ……」

「ぶっさいくな顔だな」

「なっ……っ、んっ……」

晴樹は目尻を下げ楽しそうに笑って、実羽の唇に口づけをした。

触れるだけの優しい口づけ――

そうして、改めてぱちぱちと瞬きしている実羽の身体を抱き込んだ。

晴樹の息遣いを感じながら実羽は目を閉じる。

薄くなっていく意識の中で、確かに晴樹の声を聞いた。

「仕方がないから、俺が傍にいてやる」

実羽はそれがたとえ夢だったとしても嬉しいと思った。

微かに聞こえる雨の音と生活音。焦げたにおいが鼻につき、実羽は目を開けた。

隣にいたはずの晴樹の姿はない。布団を触ってみるとまだ温かく、晴樹が起きてからそれほど経ってはいないようだった。

今日は土曜日で予定はないが、晴樹が起きているのに自分が起きないわけにはいかない。実羽は覚醒しきっていない頭で晴樹の部屋を出た。

洗面所で顔を洗い、リビングに行く。

晴樹はTシャツにジーンズという格好でキッチンに立っていた。

「え……、何……やってんの？」

「チッ、起きてきたか」

晴樹は実羽のほうに振り返り、しかめっ面をする。

「朝から舌打ちしないでよ。……目玉焼きとウィンナー？」

「それ以外の何に見えるっていうんだよ」

晴樹の手元には、少し焦げた目玉焼きとウィンナーを載せたフライパンがある。

彼がそれを捨てようとしたので、実羽は慌てて止めた。

「ちょっと、ちょっと、そのまま捨てないで！　私がやるから、座っててよ」

晴樹は実羽の言葉にムスッとした顔でソファに移動し、テレビをつけてニュースを見始めた。

そういえば昨夜彼は自分の昂（たかぶ）りをどうしたのだろうか。

朝からこんなことを考えてどうするんだと思いつつも、実羽は気になってしまう。とはいえ直接聞くのはためらわれて、実羽は大人しく朝ご飯を作ることにした。

それにしても、晴樹はいったいどうしたのか。お腹が空（す）いたのならいつものようにデリバリーを頼めばいいのに、わざわざ料理をするなんて。

その時、実羽の目に二人分の茶碗と皿が目に入った。

もしかしたら彼は実羽に朝食を作ってくれていたのかもしれない。料理なんてしたことないくせに無茶をする。そう思うと口元がにやけた。

少し焦（こ）げた晴樹の目玉焼きとウィンナーを皿に載せた。改めて一人分をフライパンで作る。

作りおきのホウレンソウのおひたしを冷蔵庫から出し、ジャガイモとタマネギの味噌汁も作った。

作り終えた朝食をテーブルの上に準備し、晴樹を呼ぶ。

「食べようよ」

「……ん」

テーブルに着いた晴樹は、実羽の目の前の皿を見て眉間に皺を寄せた。

「それ、焦げてるだろ」

「これぐらいの焦げ、全然平気だよ」

晴樹には実羽の作った綺麗な目玉焼きとウィンナーを出したが、実羽の前には晴樹が作った歪な目玉焼きと黒い焦げができたウィンナーを載せた皿を置いた。

せっかく晴樹が作ってくれたのだから、実羽はそれが食べたかったのだ。おいしいかまずいかは、瑣末なことだ。

「いただきます」

「いただきます……」

二人で朝ご飯を食べる。

焦げが少し苦いけれど、素材がいいのでまずくはない。晴樹が自分のために作ってくれたのだと思うとむしろおいしかった。

食事をする晴樹を見ながら、実羽は思い切って声をかける。

「ねぇ、ずっと気になってたんだけどさ」

「何だよ」

「ジャガイモ嫌い？」

「……嫌いではない」

晴樹はスッと視線を逸らした。

前から気づいていたのだが、晴樹はジャガイモを極力食べないようにしている。どうやらごろごろしたジャガイモがあまり好きではないらしく、マッシュポテトやフライドポテトであれば普通に食べる。何が違うのかいまいちわからないが、かたまったジャガイモだけが苦手なようだ。

これからはジャガイモのお味噌汁はできるだけ作らないようにしようかなと、実羽は思った。

「ふーん、そうなの」

「そういうお前こそ、キュウリ好きじゃないだろ」

「……食べられないわけじゃない」

まさか晴樹に自分の嫌いなものを言い当てられるとは思っていなかった。いつ見ていたのだろう。お互いの好きなものや嫌いなものがだんだんとわかってくるのは、同棲の醍醐味なのかもしれないな、とくすぐったい気持ちになる。

食事を終えてから、実羽は自分が寝巻きのままだったことを思い出した。

着替えて化粧をするために一度部屋に戻り、リビングに戻ると晴樹は新聞を読んでソファで寛いでいる。

「ねえ、今日の予定は？」

「休み。……昼は外に食いに行こう」

「わかった。ラフな格好でいいの？」

「ああ、構わない」

そう言いながら晴樹がこちらを見て、片眉を上げた。

いったいどうしたのだろうかと、実羽は自分の身体を見てみるが、特に不自然なものはない。

「お前さ、化粧もっと薄いほうがいいんじゃないか？　濃すぎだろそれ」

「……薄いほうが好きなの？」

「すっぴんでもいいと思うが」

実羽は少し考え込む。

実羽とすれば毎朝化粧をし直すのは時間がもったいないと思っていたし、家の中でも美麗の格好をするのが面倒くさくなってきていたところだ。しなくて済むのであれば、派手な化粧などしたくない。

けれど、それでは駄目なのだ。

何せ実羽は美麗ではない。美麗のすっぴんと実羽のすっぴんでは顔が違う。

自分の素のほうがいいと言われて嬉しいはずなのに、苦しくなる。

何も知らない彼に八つ当たりしたくなるのを堪え、実羽は呆れた声色で答えた。

「女性は化粧をしないといけないものなの。まあ、これからはもう少し薄くするわ」

実羽の言葉に、晴樹は満足そうに頷いた。

昼から出かけるために家のことを片づけるが、晴樹は週に二回ハウスキーパーを呼んでいるので、基本的にやることがあまりない。

なのですぐに終わってしまい、ソファでうとうととしていると、晴樹に声をかけられた。

「おい」

「……んー？」

「こっち来い」

「えー……」

正直眠いので移動するのが面倒くさい。思わず不満げな声が出た。

晴樹はため息をついて「さっさとしろ」と言ってくる。実羽はしぶしぶ晴樹の隣へ移動した。

「出る時間になったら起こしてやるよ」

晴樹はそう言うと、実羽の頭を自分の肩へ引き寄せる。そのまま視線を新聞へ戻した。

実羽は晴樹の肩に頭を擦り寄せて、仮眠を取ることにした。

頭を優しく撫でられている感覚に目を覚ます。

その手つきは愛おしいものを包み込むように優しい。なぜだかその優しさに泣きたくなった。

ゆっくりと目を開けると、目の前には端整な顔がある。

「起きたか？」

「……ひぁっ!?」

一気に思考が現実に戻る。実羽はいつの間にか晴樹の膝の上で眠っていたようだ。

慌てて起き上がると、勢いよく晴樹の頭にぶつかってしまう。

その衝撃と痛みで、実羽はソファから転げ落ちた。

「いっつぅ……」

ぶつけた額も痛いが、床に落ちた身体の側面も痛い。

「お、っ前なぁ……。もう少し落ち着いて動け！」

「ごめんなさい。でも、だって、目を開けたら人の顔がアップであったんだもの。驚くに決まってるじゃない！」

「人の膝の上で寝てた奴が悪い」

反論できずに「うぐぅ」と唸ると、晴樹は立ち上がって新聞を机の上に置いた。

「そろそろ飯、行くか」

「え、あ、……うん」

晴樹に手を取られ外に出る。朝に小雨が降っていたようで道路は濡れていた。緑色の葉から透明な雫(しずく)が落ち、キラキラ光る。

予約をしてあったらしいレストランに彼の車で行き、流行(はやり)の店でランチを食べた。その後は近場のお店を見たり、公園を散歩したりして過ごす。帰りはスーパーで買い物をすることにした。

「ねー、何か夕飯に食べたいものある？」

「ん？　そうだな、カレーは？」

「カレー……」

「何だ？　何か文句でもあるのか？」

「文句なんてないけど、カレーって言われるとは思ってなかった」

カレーといえば家庭料理の定番中の定番だ。まさか、本格的なインドカレーが食べたいなどということはないだろう。

実羽は一応確認をする。

「普通のでいいんだよね。カレーだからジャガイモ入れるよ」

「だから別に嫌いではないと言ってるだろ」

晴樹はムスッと機嫌が悪そうな顔をする。実羽は思わず噴き出してしまった。

「ごめんごめん。えーっと、あとはニンジンとタマネギ」

タマネギはマンションに一玉残っているので、買うのはニンジンだけでいいはずだ。

もう夏だし、ナスやズッキーニを入れてもおいしいかもしれない。

「お肉は牛とブタとトリどれがいい？　キーマ系にするならひき肉になるけど」

「お前のとこでは、いつも何を使ってたんだ？」

「家？　家は……牛かトリだったな。うん、今日は牛にしない？」

「ああ、それで構わない」

実羽は普通の牛肉のカレーにすることに決めた。

多分晴樹がそういうものを求めているように思えたからだ。

「ねー、ルーの辛さはどれがいい？」

「普通でいいんじゃないか？」

ルーは、実羽がよく使っていた固形タイプとフレークタイプの二種類を買った。

自分が慣れ親しんだものを晴樹に食べてもらいたいという気持ちがあるのかもしれない。ふと実羽はそう思った。

マンションに帰り、さっそく実羽は調理を開始した。

晴樹はいつものように、それをじっと見つめている。

こうしてじっと見られていると手元がくるいそうだ。

そんな時、実羽は晴樹の視線を避けるために手伝ってもらうことにしていた。彼は文句を言いながらではあるものの、それを拒否したことはない。

二人でカレーと簡単なサラダを作り、一緒に食事を取った。

晴樹はカレーをおかわりしていたので、気に入ってくれたようだ。ただし、大きなジャガイモはやっぱり避けていた。

食べ終わってもすぐにはお互い自室に戻らず、テレビを見ながら適当な会話を続ける。深夜を回るころ、ようやくそれぞれの部屋に戻った。

実羽は隣に温もりがないことを初めて寂しいと感じ、強く布団を抱きしめる。

——この日をきっかけに、晴樹は実羽を甘やかすようになっていた。

代表的なのは、時おり朝ご飯を作ってくれることだ。彼は料理が随分上手になり、焦げたウインナーは出なくなった。

それだけでなく食後のデザートと称してケーキや菓子を頻繁に買って帰ってくる。

彼にどういう心境の変化が起こったのかはわからない。だが、実羽はそれに戸惑いながらも、嬉しく思った。

そして、一週間経った土曜日の朝、実羽は晴樹と二人でテレビを見ていた。

地元料理の特集で、おいしそうな魚介類がテレビに映る。

それを見て、実羽は思わず「おいしそう」と呟いた。

「なら食いに行くか？」

「え？」

「だから、魚介食いに行くか？」

「行く！　行きたい！」

実羽は晴樹の提案に飛びついた。

彼のことだから漁港に連れていってくれるのだろうか。漁港付近のお店で出される魚介は、きっと新鮮でおいしいに違いない。

それに市場があればそこで買い物ができる。新鮮な魚や貝が手に入るかもしれない。

実羽の気分は上々である。

返事を聞いた晴樹は早速どこかに電話をかけた。

もしかしたらお店を予約しているのだろうか。

漁港ではなく、新鮮なシーフードがおいしいイタリアンの店ということもあるなと、実羽は思った。どちらにせよおいしいものが食べられるのなら大歓迎だ。

晴樹はどこかに行く場合は必ず連絡をいれて予約を取った。

マメなのか、仕事柄なのかわからないが、とてもスマートだ。実羽は安心してついていけた。

「三十分したら迎えが来るから、それまでに準備しておいてくれ」

「わかった」

実羽は鼻歌を歌いながら、自室に戻って洋服を選ぶ。

せっかくなので、ノースリーブのラップ風アイラインワンピースを着ることにした。鞄の中にお財布とスマホの充電器を入れて、カーディガンを腕に持つ。

廊下に出ると、晴樹も着替えて部屋から出てきた。実羽の荷物を見て驚いた顔をする。

「荷物少ないな」

「え？　そう？」

「ああ、化粧品だとか何だとかいろいろ必要だろ？」

実羽は首をかしげた。

これで十分だと思うのだが、晴樹は何を言っているのだろうか。

「まあ、あっちで買えばいいだけだが、持ってったほうがいいんじゃないのか？　気にいったものが売ってるとはかぎらないし」

「ごめん。あなたが何を言っているのかわからないんだけど」

実羽が説明を求めると晴樹は不思議そうな顔になった。

「魚介食いたいんだろ？」

「うん」

「魚介で一番有名な所に行くつもりなんだが……泊まりになる。……お前、予定があったか？」

要するに晴樹は魚介を食べに、泊まりがけで旅行をするつもりだったようだ。

それに気づいて、実羽は口をぱっかり開けた。

「予定、はない……。けど、私、旅行用の鞄（かばん）を持ってきてない」

「そういうことか。なら、俺の旅行鞄（りょこうかばん）にでも入れるか。俺は服さえあればどうにかなるからな」

晴樹は自分の部屋に一度戻って、実羽に鞄（かばん）を渡してくれた。

実羽は驚きすぎてまだぼんやりしていたが、時間があまりないことに気づき急いで化粧品と下着を鞄（かばん）に詰める。

「そろそろ行くぞ」

「う、うん！　あ、テレビと空調」

「全部消した。何かあったら連絡が来るから大丈夫だ」

玄関まで出た実羽が戻ろうとすると、晴樹が止めた。

それもそのはずで、このマンションは完全管理だ。実羽が来たばかりなので晴樹はしばらく出張に行かないと言っていたが、以前は頻繁に家を空けていたらしい。特に問題が起こったことはないそうだ。

二人で迎えに来た車に乗り込む。

道路は空いていて、何事もなく空港に着いた。

荷物の詰まった鞄は晴樹が持ってくれる。

実羽はラウンジでゆったりとドリンクを飲みながら、晴樹と搭乗時間を待った。

「何だか今から旅行に行くっていう感じがしない」

実羽が言うと、晴樹は笑う。

「着けばするんじゃないか？」

確かにそれもそうかもしれない。

あまりに急なことだったので頭が追いついていないが、着くころには実感が湧くだろう。

晴樹に連れられるまま飛行機に乗り、あっという間に北にある目的地に着いた。

「思ってたより寒くない！」

「夜になったら一気に気温が下がるが、昼間はこんなもんだよ」

「そうなんだ。私初めて来たからよくわからないけど、有名な夜景は見れる？」

「見れる見れる。とりあえずホテル向かうか」

空港までホテルから迎えの車が来ていた。その車に乗って二人はホテルに向かう。

空港から十分ほどの距離にあるそこはシックな内装の高級なホテルだった。

一階フロアの大きな窓の向こうに日本庭園が見える。

晴樹がさっさとフロントに向かってしまったので、実羽は慌てて追いかけた。

チェックインにはまだ早いため、荷物をフロントに預けタクシーに乗り込む。

「ご飯？　ご飯？」

「少し早いが、そうするか。我慢できないみたいだしな」

「当たり前でしょー！　そのために来たんだから、おいっしいご飯食べなきゃ！」

実羽ははりきる。その頭を晴樹がくしゃりと撫でてくれた。

出張で何度かこの街を訪れたことがあるという彼のおすすめの店に行き、海鮮たっぷりのどんぶりを食べる。

ぷりっぷりの海老に蕩けるウニを口いっぱいに頬張ると幸せな味が広がった。

食べ終わって少し時間があったので、晴樹と共に観光名所を巡り、夕方過ぎにホテルへ戻った。

予約していた部屋の扉を開くと、すぐ目の前が螺旋階段になっている。

「え!?」

「何驚いてるんだ」

「別に……驚いてないし」

晴樹の取る部屋だ。きっと広いだろうと予想していたけれど、部屋の中に階段があるとは思わなかった。この部屋はどういうつくりになっているのだろう。

玄関で靴を脱ぎ螺旋階段を下りると、広いリビングになっていた。

モダンなフロアには、ふかふかとした大きなソファとテレビが置かれている。その奥はキングサイズのベッドが鎮座する豪華な部屋になっていた。他にも小さなバーカウンターがある。

風呂場は夜景が見られるつくりで温泉が引かれていて、実羽の心は躍った。

バーカウンターでお酒を確認している晴樹に館内を見たいと告げると、彼は面倒くさそうな顔をした。

「何よ。付き合ってくれないの？」

「俺は何度かここに泊まってるから、見る場所なんてないんだよ」

「ふうん、付き合ってくれないんだ。いいけど！　一人で見てきますよーっだ」

実羽は晴樹をおいて、ルームキーと財布だけを持って廊下に出た。

途中、スマホを部屋の中に置いてきてしまったのに気づいたが、その時にはエレベーターに乗っていたので戻るのはやめた。

一階の日本庭園を見てみたいし、他にもいろいろ娯楽施設があるようなので気になっていたのだ。

実羽はまず茶色で統一されたシックな売店でお菓子を購入する。

そして、売店の近くに小さなカフェライブラリがあることに気づき、そちらへ足を向けた。

カフェライブラリには地元を舞台にした小説が置かれている。

特段読書家というわけではないが、本のにおいが好きなので中に入って背表紙を眺めた。

ライブラリの前はバーになっている。覗いてみると落ち着いた雰囲気がとても好みだ。

実羽はカフェライブラリを出てバーに移動した。

「いらっしゃいませ」

「このカクテルをお願いします」

「かしこまりました」

四十代前半の少し色気のある男性店員にこの土地にちなんだカクテルを頼み、ぼんやりと青いライトを見つめる。

「お待たせいたしました」

「ありがとう」

すぐにカクテルが出てきて、実羽は綺麗な銀色の液体に口をつけた。

静かな店内に心が落ち着いてくる。

朝からはしゃぎすぎた。さっきだって、晴樹にあんな態度をとることはなかったと反省する。

三十分ほどゆっくりしてから、部屋に戻ろうとバーを出た。廊下を歩いていると人にぶつかる。

「すみません」

「いえ、こちらも前を見てなくて申し訳ない」

五十歳過ぎぐらいのパリッとしたスーツを着た男性だ。穏やかな笑みを浮かべながら、帽子を脱ぎ、軽く頭を下げる。実羽も慌てて頭を下げた。

「綺麗なお嬢さんにぶつかるなんて、妻に怒られてしまうよ」

「奥様とご滞在なんですか？」

「ええ。恥ずかしながらこの歳まで、なかなか旅行に連れてってやれなくてね」

彼は化粧室に行った奥さんを迎えにいく途中だったらしい。

頬を染めて笑う男性からは妻に対する愛情が透けて見え、実羽は彼を可愛いなと思った。

ほっこりとした気持ちになっていると、突然肩を掴まれる。

「おい」

振り向くと、不機嫌そうな顔の晴樹が立っていた。

「あれ？　どうしたの？」

「どうしたのじゃない。お前、部屋にスマホ忘れていっただろう。全く、連絡が取れなくなったらどうするんだ。ちゃんと持って出ろ」

「ごめん。でも、あなたが一緒に来てくれなかったのも問題なんじゃないの」

「俺のせいだって言うのか」

「いいえ、そんなこと言ってません」

晴樹からスマホを受け取りつつ、つい口喧嘩を始めてしまう。素直に「ありがとう」とだけ言えばよいのだが、彼といるとなぜかそれができなかった。

「ふふっ」

先ほどまで話していた男性のほうから笑い声が聞こえる。そちらを見ると、男性の横に上品な女性が立っていた。男性の奥さんのようだ。

「あらやだ、ごめんなさいね。あんまりにも仲がよさそうだったから」

「こちらこそ。恥ずかしい姿をお見せしまして……」

実羽は顔を火照らせて俯いた。

「話に付き合ってくれてありがとう、お嬢さん」

男性は帽子を軽く掲げて、女性の手を取り歩いていく。

実羽には二人の姿がとても眩しく映った。

「……」

無言でその背を見つめていたのは実羽だけではなく、晴樹も同じだった。

「飯、行くか」

「うん」

実羽は腰に手を添えられ、歩き出す。エレベーターに乗り込み、最上階にあるレストランに連れていかれた。

和をイメージしているのか、店内のところどころに竹が植わっている。

実羽たちは外の景色が一望できる席に通された。

「何か普通の格好してるのが申し訳ない気分になる」

実羽は、自分の服を見つめた。

「何言ってるんだよ。……今度は、世話になってる料亭に連れてってやる」

「き、着物着たほうがいい？」

「お前は馬鹿か」

晴樹は眉間に皺を寄せて、呆れた声で言った。

確かに馬鹿な発言をしたので、実羽は言い返せない。

不意に、晴樹がぷはっと噴き出したので、実羽もつられて笑った。

旅行の開放感からか、終始穏やかな雰囲気で、食事も楽しい。

まだ足が動いている新鮮なイカに舌鼓を打つ。

「はぁ……おいしい」

「それは何よりだよ」

和やかに夕飯を終え、レストランを出てエレベーターに乗る。

部屋に戻るのかと思ったのだが、晴樹が押したのは一階のボタンだった。

「どっか行くの？」

「はあ？　お前が言ったんだろう。夜景が見たいって」

「あ、そうだ。夜景見に行かなきゃ」

晴樹は「あれだけ騒いでいたくせに」と呆れてため息をつく。

実羽は晴樹が覚えてくれていたことが嬉しかった。

ホテルの前からタクシーに乗り込み、夜景の見える山へ向かう。

百人以上が乗れるというゴンドラで山頂へ移動しながら、遠くなる街並みを見つめた。

「ゴンドラの中からでも十分綺麗だね」

「そうだな。にしてもひどく混んでるな」

晴樹が苦笑する。

たった数分だが、彼には辛いのかもしれない。普段車で通勤しているので満員電車やバスの経験がないのだろう。

ゴンドラが山の頂上まで着いた。

実羽は晴樹に手を取られてゴンドラから降りる。手を繋いだまま、近くをぶらぶらと散歩した。

有名な夜景は想像以上に綺麗だ。

晴樹がいなければ、実羽はここに来ることはなかったかもしれない。

彼の行動力には驚かされる。当たり障りなく生きてきた平凡な自分とは正反対だ。

それが何だか悲しくて、切なくなった。

本来であれば出会うことのなかった別世界の人が、こうして自分の手を引いてくれている。

実羽の胸の奥がきゅうっと締めつけられた。

人にぶつかりそうになると、晴樹が抱き寄せて避けてくれる。

実羽は晴樹の胸にこてんと頭を寄せて、ぼんやりと夜景の美しい街を眺めた。

まるで全てが夢のようだ。

目の前の景色がぼやけ出し、実羽は自分が泣きそうになっているのに気づく。唇をぐっと噛んで必死に我慢した。

「……」

晴樹はそれに気づいたのか、実羽の頭を優しく撫でる。実羽の目から一粒涙が零れ落ちた。

「何泣いてんだ」

晴樹が頬についた雫をぬぐってくれる。

「うっさい……。女性にはそういう時があるの」

どう答えていいかわからず、実羽はぞんざいに誤魔化す。

すると晴樹はぽかんと口を開け、笑いながら実羽の髪をくしゃくしゃと撫で回した。

「ちょっ、何すんのよ！　髪の毛崩れる！」

「お前は飽きない奴だな」

屈託のない彼の笑みに、実羽はどぎまぎして視線を彷徨わせる。

晴樹の笑顔を見るのはこれで何度目だろうか。

彼の笑顔を見ると、いつもどうしていいかわからなくなる。

仕方なく実羽も笑い、二人で笑い合った後にもう一度夜景を見てホテルに戻ることにした。

帰りのタクシーの中、晴樹が実羽の手の甲をゆるりと撫でた。

「んっ」

その触り方は性的な行為を予感させる。

驚いて晴樹に視線を向けるが、彼は脚を組み片手の甲に顎を乗せながら外を眺めていた。

けれど手は止まることなく、指と指の間を執拗に擦られる。

拒絶しなければいけないのに、それができず結局ホテルに着くまでずっと手の甲や掌を触られた。身体がだんだんと火照ってしまい、晴樹に支えられないと歩けなかったほどだ。

実羽は混乱していた。

祖母の四十九日の夜、優しく触れてくれた手が頭をよぎる。

脳内で数人の自分が「そういう気分なんだ。伯父には黙っていればいいじゃない？」、「実羽に色気を感じたんだ」などと意見を出し合っているが、どれもこれも役に立たない。

静かな部屋で二人きりになるとより緊張が増した。

晴樹に声をかけられる。

「先風呂入ってこいよ」

「ひぁっ、えっと、あの、うん！」

声が裏返ってしまい、恥ずかしくて逃げ出したくなった実羽は、さっさと風呂場に移動した。

髪と身体を洗って、ちゃぽんとお湯に沈む。

窓から見える夜景を眺めながら、冷静な頭で考えた。

この同棲は愛のない政略結婚のためのもの。それ以前に、実羽は美麗ではない。

何もかも、嘘だらけだ。

けれど、実羽には晴樹の優しさは本物のように感じられた。それは、美麗に向けられたものではなく、自分に向けられたものだ。

もし、晴樹にその気があるのならば、後先のことを考えず受け入れてしまいたい。

彼と一緒にいると楽しくて自然体でいられるし、自分が一人ではないという実感と温もりをくれるのだ。

実羽にはもう彼を拒めなかった。

頭までお湯につかってから、風呂から上がって備えつけの浴衣に着替えた。ドライヤーを手に風呂場を出ると、晴樹が階段を下りてくる。

「どこか行ってたの？」

「ああ、買い忘れたものがあったんだ」

「そっか。あなたもお風呂に入ったら？」

晴樹は頷いて実羽と入れ替わりに風呂場へ入っていった。

実羽はソファに座って、ドライヤーで髪の毛を乾かす。

そこそこの長さがあるのでそれなりの時間がかかるはずだったが、ほどなく乾いてしまった。

他にやることもなく、実羽はベッドルームの扉を開ける。

「ツインじゃないじゃん！」

豪華な部屋にぴったりなキングサイズだとしか思っていなかったが、ベッドが一つしかないことに改めて気づいて頭を抱える。

ソファで寝るべきか、どうしようかと葛藤（かっとう）していると風呂場の扉の開閉音が聞こえた。振り向くと、開きっぱなしの扉から浴衣（ゆかた）を着た晴樹が髪をタオルで拭いている姿が見える。

「何してるんだ？」

「……何でもない」

「ふぅん」

晴樹はソファに座ってドライヤーで髪を乾かすと、それを片づけた。

実羽はうろうろと意味もなく部屋の中を歩き回り、さっさと寝てしまうのが一番だと逃げるようにベッドに片足をかける。

「眺（なが）めがいいな」

「へ？」

すぐ近くで声が聞こえ、思わずそちらのほうに目を向ければ、両腕を組んで扉に寄りかかりながらこちらを見ている晴樹がいる。

彼の視線を追って自分を見ると、浴衣（ゆかた）の裾（すそ）がはだけ太ももとふくらはぎが丸見えになっていた。

急いでベッドに上って正座になり、脚を隠す。

けれど、ベッドに上がらないほうがよかったのではないかと、すぐに後悔した。

晴樹がゆっくりとした歩調でベッドに近づき、わざわざ実羽の近くに腰かけたのだ。

実羽は下がって距離を取ろうとしたが、その前に晴樹が太ももに触れる。たったそれだけで実羽の身体は電流が走ったように痺（しび）れた。

実羽自身がその反応に驚く。

晴樹は静かにベッドに上がり、実羽の頬を優しく撫（な）でて押し倒した。実羽は拒否できるわけもなくされるがままに横たわる。

頭の隅（すみ）で警鐘が鳴っているが無視をした。

同じシャンプーを使ったはずなのに少しだけ違う香りと熱が混ざった。

晴樹の綺麗な顔が下りてきて、やわらかく薄い唇が実羽の唇に重なった。軽く触れてすぐ離れ、数ミリの距離を保つ。

長い睫（まつげ）から実羽は目が離せない。深く沈み込むベッドのせいで、囲い込まれている気分になった。

「……いやか？」

晴樹がそっと聞く。

それは最終警告。小さく縦に振ればいいのに、実羽は首を横に振った。

頭の中に伯父の怒り顔がよぎる。

けれど、今は目の前の彼の温もりを感じていたかった。そうしてこのやわらかい世界に閉じこもってしまいたい。

実羽の応えを見て、晴樹は少し笑ったようだった。

「そうか」

いつも通りの声のはずなのに、そこに色気を感じて実羽の身体がぞくりと疼く。

再び晴樹の唇が重なった。

「んっ」

触れるだけのキスが次第に深くなる。晴樹の舌が実羽の唇を舐めた。

実羽が受け入れるように口を微かに開くと、遠慮なく舌が入り込み口腔を犯す。確かめるみたいに歯列をなぞられ、口蓋を舌で擦られた。

舌先が触れ合い、裏筋や表を舐めてから絡められる。

呑み下せなかった唾液が実羽の口の端から落ち、頬を濡らした。

ねっとりとした口づけを終え、晴樹の唇はそのまま頤へ動く。軽く甘噛みしてから労るようにぺろりと舐(な)め、その熱い舌は首筋を這った。

混じり合う香りが甘く漂(ただよ)う。

実羽の身体は敏感になり、前回とは比にならないほど全身が疼(うず)いた。

浴衣(ゆかた)の帯がゆっくりと引っ張られ、床に放り投げられる。

ちゅっ、ちゅっと鎖骨を何度も啄(ついば)まれ、チリッとした痛みが走った。

上半身はすでにはだけられているのに、下半身にはまだ浴衣(ゆかた)が纏(まと)わりついている。

いっそのこと一気に脱がされたほうが恥ずかしくない気がした。

晴樹は実羽の胸の弾力を確かめるように、両手で横から持ち上げてくにくにと揉みしだく。

「あっ……、は……」

「もう尖り出してるな。触ってほしそうにぷっくりしてる」

そう言いながらも、晴樹は胸の頂(いただき)には触れずにその周りを指先でくるくると触った。

焦(じ)らされ、実羽はむず痒(がゆ)くなる。

早く触ってほしいけれど、触られたら触られたで身体がどうにかなってしまいそうだ。

実羽の身体は快楽に浮かされ、脳髄がぐずぐずに溶け出した。

晴樹の唇が胸の谷間と側面を往復し、実羽は無意識に彼の頭をくしゃりと撫(な)でる。

もう理性などどこかに飛んでいってしまった。

晴樹が小さく笑う。その息が胸の頂にかかり、実羽の口から甘い嬌声が漏れる。胸の頂が痛いほどに尖り、我慢できず腰がびくんと動いた。

「んんっ、もっ、意地悪すぎるでしょ！」

晴樹は笑みを深めた。

「素直な反応を、ゆっくり確かめてやっているだけだろ」

「素直って……」

実羽は納得できず、眉間に皺を寄せる。

晴樹はそんな実羽を見てさらに笑い、眉間に口づけをした。同時に浴衣の中に手を入れて実羽の腰を擦る。

「ひぁっ」

実羽の口からまた甘い声が零れる。

「こういうところだよ。お前、あんまり経験ないだろ」

「むかつく……。そんなこと、本当にわかるの？　も、やだ」

実羽は晴樹から顔を逸らした。

確かに実羽は経験が少ない。けれど、こんな正面切って言われるなど思ってもみなかった。

「俺としたら、嬉しいところだけどな。調教のしがいがある」

「調教って何？　そんなこと望んでな……んっ、あっ」

全てを言い切る前に、きゅっと胸の頂をつままれていた。

実羽の反応に気をよくしたのか、晴樹が片方の胸を指の腹でくりくり捏ねる。もう片方は指と指の間に挟むようにして扱かれた。

「あ、あ、あぁっ、やぁ。変になるっ」

腰がぞくぞくと痺れていく。

指で散々嬲った後、晴樹はその綺麗な唇でぱくりと頂を咥えた。舌でねぶって、じゅるじゅると吸い出す。

その甘い感覚に我慢できず、実羽は何度も声を上げてしまった。目を強く瞑り、快感から逃れようとする。

だが晴樹はそれを許してくれず、カリッと頂を軽く噛んだ。

「ひあぁああっ」

「ちゃんと見ろよ。お前を今抱いてるのは俺だ」

「わ、わかってるよぉ……。でも、だって、恥ずかしい」

自分でもなぜこんなに恥ずかしいのかわからない。

実羽は涙目で晴樹を見上げた。

「……っ、煽るな」

晴樹がうなるように呟く。

ぐずぐずになった頭ではその言葉の意味が理解できず、実羽は首をかしげる。すると「何でもない」と、ちゅっと口づけされた。

そのまま舌が侵入してきて、口腔内を蹂躙する。くちゅりくちゅりと唾液を交換し合いながら、晴樹は実羽の胸を弄った。

口づけの合間に零れ落ちる実羽の声だけが広い部屋に響く。

晴樹の掌が胸から腰に下り、実羽は足の先までビリビリとした痺れを感じた。

背筋を駆け上がる快感に身体がびくりと跳ねる。

仰け反った背に晴樹の腕が回り込み、つーっと背骨をなぞった。

「んんっ」

「そんな声を上げるなんて、どんだけ感度がいいんだよ。それに、よく経験が少ないままでいられたもんだ。俺ならこの身体を手放そうなんて思わないけどな」

腰をぐっと抱えられて上半身を抱き起こされる。すでに二の腕にかかるだけの状態になっていた浴衣を全部脱がされた。

「腰上げろ」

力強く抱き寄せられて、実羽は言われたままに腰を上げる。下半身はショーツだけになった。

晴樹は生温かい舌で実羽の全身を舐め回す。

首筋から鎖骨を辿り、硬く尖った乳首を咥え込まれ、じゅっと強く吸われた。さらに舌は臍まで下りてじっとりと舐め上げる。

「ひぁっ、そこ、そこは……んっ、くすぐったい」

「ここが感じるって奴もいるらしいし、こうして……ん、舐めてたらお前も臍で感じるようになるかもな」

楽しそうに笑いながら、晴樹はかぷりと臍を噛んだ。息を吹きかけ、噛んだところを何度もぺろぺろと舐める。

最初はくすぐったかっただけなのに、熱が広がり、実羽は本当にそこで感じるのではないかと思い始めた。

下腹部がじんじんと疼き、物足りなさで太ももを無意識に擦り寄せる。それに目ざとく気づいた晴樹がもう一度臍に口づけをしてから、唇を下腹部へ這わせた。

太ももを抱え込まれ、ちゅっちゅっと口づけられる。そのまま脚の付け根を強く吸われた。

「あぁっ！　い、た……」

痛いぐらいに気持ちよくてたまらない。実羽は晴樹のなすがままに身体を開いていく。

「すごいな、下着越しでもわかるぐらいにぐちゃぐちゃ」

実羽の秘所は蜜でしとどに濡れており、下着が張りついていた。

晴樹の男性らしい指が下着をずらし、くぷりと秘所に埋まる。

「あっついな。中がひくついてて、足りないって催促されてるみたいだ」

「んぁっ、あぁ……。あっ……」

反論したいのに言葉がうまく出てきてくれない。

晴樹は膣内を確かめるように指を奥まで挿れては引き戻し、入り口部分を擦る。

愛液がかき出される淫猥な音が耳に響く。

実羽の愛液で濡れた指先が、鋭敏な花芯を捉えた。

「ひんっ、やぁ……っ、駄目、そこ、ほんっとに、駄目っ」

「何で？　何が駄目なんだよ？　本当は触ってほしいのに？」

少し掠っただけで全身が砕けるほどの快感があるのだから、そこを攻められたら本当に脳髄が溶けてしまう。

涙目で頭をぶんぶんと横に振ってみせたが、晴樹は獰猛な眼差しで舌舐めずりをした。

「指が嫌ってことだよな」

「え？　そ、そういうことが言いたいわけじゃないっ……！　嘘、ちょっと駄目！　やめっ、あぁああっ」

晴樹は大きく実羽の太ももを左右に広げて、その中心部分に顔を埋めた。

実羽が脚をばたつかせても、力強い腕はびくともしない。

そうこうしているうちに、尖らせた舌でぷっくりと膨れた花芯に触れられ、舌先でくりくりと弄られた。

実羽の身体がびくんびくんと跳ね上がる。晴樹はそれを無視して、執拗なまでに突起を舐めしゃぶった。

「あぁぁっ！　んん、あぁあ、ああ、あっ、こわ、こわいっ……！」

「怖いなら俺を掴んでいればいい。痛いことをしたいわけじゃない、ただ気持ちいいことをしようって言ってるんだ。ほら、大丈夫だから」

〝俺に身を任せろ〟――そう優しげな声で言い、晴樹は実羽の脚を自分の肩に乗せる。けれどちらりと見えたその顔にはどこか意地の悪い笑みが浮かんでいた。

卑猥に蠢くねっとりとした舌で花芯を舐め、じゅるっと吸い上げられる。

瞬間、目の前がチカチカと光り、実羽はつま先を曲げ大きく背中を仰け反らせた。

「あ、あ、駄目、くる、駄目、ひあぁあああっ」

一気に絶頂に押し上げられて、びくびくと痙攣する。そして、ゆっくりと身体がシーツに沈んだ。

心臓がバクバクと鳴り響いて五月蝿い。こんな絶頂を迎えたのは初めてで、いったい自分がどうなったのか実羽にはよくわからなかった。

全身の血液が沸騰しているかのように熱い。まだ前戯だというのにぐったりと疲れてしまった。こんな状態で最後までもつのだろうか。

「ちょっと待ってろな」

実羽の頭を優しく撫でた晴樹がテーブルのほうへ歩いていく。

ぼんやりとそれを眺めていると、彼は袋を手に戻ってきた。その袋から避妊具の箱を取り出す。

「……え、もしかして！　さっき買いに出てたのって」

「そ、これ買いに行ってたんだよ。ないと困るだろ？」

晴樹は当たり前だろうという顔をする。けれど、それは実羽が風呂に入る前からやる気満々だったということだ。

確かにタクシーの中でそういった雰囲気になったが、避妊具を買いに行くとは思いもしなかった。

ベッドサイドに置かれた避妊具の箱を見てみると、五個入りと書かれた箱が三つ置いてある。なぜそんなに買ったのかあまり考えたくない。

「……もし、かして」

この間中途半端に終わってしまった理由はこれだったのかと思い至る。あの時は実羽が誘ったが、避妊のことは全く考えていなかった。

他に理由があったのかもしれないが、こうして避妊具を用意しているということは前回もそれを気にしてくれた可能性はある。

本当は結婚前提の同棲なのだ。ひ孫が見たいとも言われている。美麗であればそれほど必要ないかもしれないが、実羽にとっては切実にありがたかった。

それに、単純に大切にされていると思えて、胸が熱くなってくる。

実羽はけだるい身体をそりと起こし、晴樹の傍に寄った。

「どうした？」

「ん……」

晴樹の着ている浴衣の帯を引っ張る。

はらりと前がはだけて、ほどよくついた筋肉が見えた。

「……鍛えてるの？」

「まあな。マンションの部屋の一つ下の階がジムなんだ」

「ふぅん」

ぺたりと晴樹の素肌を触ると、ぶわっと実羽の全身が疼いた。もっと触りたいという欲がむくむくと湧き上がる。

すると、晴樹は自ら浴衣と下着を脱ぎ捨てた。

ベッドの上に座っている実羽の脚をぐいっと引っ張り押し倒すと、最後の下着を脱がす。

「ひぁっ、ちょっと……！」

「五月蝿い。ほら、舌出せ」

実羽は「もう」と言いながらも、小さく舌を出し、晴樹の舌に先端を擦り合わせる。そのまま貪るような口づけをされた。

実羽は晴樹の背に両腕を回して、素肌と素肌をぴったりとくっつける。

硬く滾った肉棒が太ももに当たり、下腹部からじゅぷりと愛液が漏れた。

唇が離れると、零れた唾液が互いの口を繋ぎ、やがてぷつりと切れる。

晴樹に両脚を開かされたとき、先走りを出して膨張している彼の欲望がちらりと目に入った。

気恥ずかしくなり、びくりと動くその大きな肉茎から実羽は視線を逸らす。

近くでピリっと袋を破く音が聞こえて、実羽の胸の鼓動が速まる。

改めて両脚を抱え直され、ひくつく秘所に硬い肉茎がぬるぬると擦られた。彼の口から熱い吐息が漏れる。

いっそのこと一気に貫いてくれたらいいのに、焦らされているようで身体がむず痒い。

「なあ、お前のここ、俺のを挿れられたくてたまんないって感じだな」

「も、もぉ！　そんなこと言わないでよ」

「何？　恥ずかしいのか？　まあ、そりゃそうだろうな。こんだけ音鳴るんだから」

濡れた秘裂に合わせて肉棒が擦りつけられると、ぐちゃっと卑猥な音がした。

実羽はその熱さに全身が蕩けてしまいそうになり、目尻に涙が溜まる。

「挿れるぞ」

「んんっ……！」

太い亀頭部分がぬぷりと蜜口を押し広げ、膣内へ一気に突き入る。圧迫感に喉の奥から愉悦が込み上げた。

「くっ、は……。悪い、我慢できなかった」

「だ、い……じょうぶっ……、はぁ……」

膣内に収まる彼の熱い肉茎を感じ、膣奥が疼いて愛液が溢れる。

「動くぞ」

晴樹は腰を少し引いた。ずるりと肉茎が出ていく。すぐに晴樹は実羽の腰を掴み、ぐっと自分の腰を押しつけた。

膣奥をぐりぐりと刺激されて、実羽のつま先に力が入る。

熱い肉茎が実羽の膣壁を擦りながらゆっくりと律動した。

ぐちゅぐちゅと結合部分から水音が聞こえ、濃厚な香りが二人を包み込んだ。

「やばいな。こんなに気持ちいいなんて思ってもみなかった。相性の良し悪しって本当にあるんだな」

「んぁっ、あ、んっ！」

「さっきから反応いいなって思ってたけど……ここがお前のいいところってやつなのか？」

「やっ、そこ、やぁっ！　擦（こす）っちゃ駄目ぇ」

「嘘つけ。もっと抉（えぐ）ってほしいって、お前の中は主張してるじゃないか」

膣内の一点を強く擦（こす）られると我慢ができず、実羽の背中が自然と反（そ）る。

それを見た晴樹は、楽しそうに笑って腰を打ちつけてきた。

「ほら、もっと擦（こす）ってやる」

「あぁあっ！　あ、あっ、あぁあ。んぁあ」

執拗（しつよう）なまでに抉（えぐ）られて、足先から込み上げてくる快楽の波に実羽の全身が戦慄（わなな）いた。

無意識に膣壁をきゅっと締めつけてしまう。

膣奥をぐりっと穿（うが）たれた瞬間、大きく痙攣（けいれん）し一際高い嬌声（きょうせい）を上げた。

「は、はっ……は……」

短い息を吐き出しながら、絶頂の余韻に浸（ひた）る。

このまま眠りについてしまいたいと思い意識を手放したが、膣内の肉棒が再び動き出したことで妨げられた。

「んんっ、す、すぐに動かないでっ」

「無理だって。むしろよく我慢したと思うぐらいだったんだからな」

「そ、んなの知らなっ、あぁあっ」

晴樹の腰の動きがいっそう激しくなった。ぐちゅんぐちゅんと粘着質な音を立てて突き上げられる。その動きに合わせて胸がふるりふるりと揺れた。

「美味(うま)そう」

胸の頂(いただき)を晴樹が咥(くわ)え込み、くちゅくちゅと舌で嬲(なぶ)る。その間も腰の動きは止まらない。

実羽はただ甘い喘(あえ)ぎ声を響かせながら、その悦楽に流された。

「くっ、そろそろいくぞ」

「や、も、優しくしてっ」

「今は無理」

あまりにも激しい行為に実羽は全身が壊れてしまいそうだった。

縋(すが)るように晴樹の背に腕を回して強く抱きしめる。

晴樹は実羽の頬や唇に何度も口づけしながら、幾度も膣内を穿(うが)った。

実羽は再びせり上がってきた快楽を受け止め、膣内を締めつける。

やがて、晴樹が最奥に向けて強く突き上げた。

「はっ……」

「んぁあっ」

薄い膜越しに熱い飛沫（ひまつ）が感じられた。

晴樹は何度か実羽の膣内を擦（こす）り、ずるりと肉茎を抜く。

彼の背から実羽の腕が落ちた。身体中が熱くてたまらず、シーツの少しひんやりとした感触が気持ちよかった。

荒れた息がだんだんと落ち着いてくると、実羽は喉（のど）の渇きが気になった。

「……ねぇ」

「ん？」

「喉（のど）、渇いた」

「しょうがないな」

晴樹は実羽の頭を優しく撫（な）で、冷蔵庫へ向かう。水のペットボトルを持ってきて自分の喉（のど）を潤（うるお）してから実羽に手渡した。

実羽はそれを受け取り口をつける。

「ふぅ……」

「飲んだか？」

「うん、ありがとう」

晴樹にペットボトルを渡すと、彼はそれをベッドサイドに置く。そして、実羽の横に身体を倒した。

「え……？」

全身汗だくのまま寝てしまうのだろうかと不思議に思っていると、実羽の身体を引きずり倒す。片脚を抱え込んで、のしかかってきた。

「え？　え？」

実羽は驚きで目を見開く。

「それじゃ、次は優しくやろうな」

「いやいや！　これもう寝る流れだったじゃない」

「それはお前だけだろ？　俺はまだ足りない」

そう言うと、晴樹はいつの間に準備をしたのか、疲れを知らずにそそり勃つ肉棒に避妊具をつけて潤ったままの膣内へ挿入した。

「ひあぁあんっ」

「はぁっ、そんな締めつけるとすぐに出るだろ」

「ば、馬鹿ぁっ」

まだ余韻が残っているせいか、実羽の身体に快感が舞い戻ってきた。

律動のたびに脚が揺れて痛むのに、それすらも今の実羽には悦楽になっていく。

片方の胸を弄られながら何度も膣奥を穿たれる。背中や首筋に感じる晴樹の体温に脳が焼き切れてしまいそうだ。

優しくやろうと言ったくせに、結局激しく貪られる。二回目を終えて間を空けず晴樹が三回目を始めたところで、実羽の記憶がなくなった。


カーテンの隙間から零れる光が実羽の顔に降りそそぐ。

「ん……」

実羽は薄らと目を開け、昨夜のことを思い出そうとした。

あれから何度か晴樹に揺さぶられ、起きたような気がするが、記憶は曖昧だ。

ごろりと寝返りを打とうとして、身体が何かに絡まり動かないことに気づいた。

視線を下げると、実羽の胸に顔を埋めて晴樹が抱きついている。

強い力で抱き込まれ、全く抜け出ることができない。実羽は諦めて、寝息を立てている晴樹の髪の毛を優しく撫でながら、目を瞑った。

チェックアウトや飛行機の時間が気になるものの、これではどうにもならない。

不意に胸に埋まっていた晴樹の頭が動き、実羽の胸をぺろりと舐めた。頂を舌先でぐりぐりと刺激してくる。

「んぁっ、ちょっ！　起きてるでしょ！」

「いや、寝てる」

「寝てたら答え返ってくるわけないし！　ちょ、んんっ、ほんと駄目だってばぁ」

いやにはっきりとした声で晴樹は答え、さらに顔を胸に押しつける。ちゅーちゅーと吸われて、だんだんと頂(いただき)が硬くなった。それを舌でねっとり愛撫(あいぶ)される。

「も、本当に、出る準備っ……あん」

「昨日お前が眠った後に、俺がお前の身体拭いて浴衣(ゆかた)を着させたんだが」

「そ、れが？」

「ご褒美を貰ったとしても、問題ないはずだ」

〝問題おおありだ〟と叫びたかったが、その前に唇が塞がれた。

「んんっ」

唇を啄(ついば)まれて、生温かい舌が口腔(こうこう)内に侵入してくる。口蓋(こうがい)や頬裏を丹念に舐(な)められて、朝から卑猥(ひわい)な口づけを繰り返された。唇が離れても、欲情した目で実羽を見下ろしてくる。

「まだ、あと二箱残ってるんだ」

「……っ」

彼が何を言っているのかすぐに理解できてしまった。ということは、昨夜は五回はしたということだ。

「俺も久しぶりだったから、盛ってるみたいだ」

「うぅっ、朝から盛らないでよー」

必死に抵抗したものの丸め込まれ、一回だけという約束ですることになってしまった。

晴樹が実羽の浴衣の前を開いて胸をねっとりと舌で舐める。

「よっ……と」

胸の谷間に舌を這わせていた晴樹が起き上がって、実羽の腰を抱き起こした。自分の上に座らせ、後ろから首筋をすんすんと嗅ぐ。

硬くなった乳首をくりくりと指で挟んで軽く引っ張り離された。もう片方の手は胸の側面からお腹周りを優しく撫でる。そしてゆっくりと下腹部に向かい、茂みをかき分けてぬかるむ秘所につぷりと一本指を挿れられた。

「んぁっ……あ、ぁ」

「まだやわらかいな。それに熱くひくついてて、凄い色気」

くにくにと媚肉を弄られて、下腹部の奥がじわじわと疼く。

晴樹に身体を預けながら、実羽は彼のやわらかい髪を一房握った。

だんだんと激しくなる愛撫と、くちゃりくちゃりと響く粘着質な音に全身が戦慄く。

晴樹の指が花芯を捉え、指の腹でくりくりと弄られた。

「あぁああっ」

円を描くように擦られて、実羽は頤を反らす。

一本だった指は、二本、三本と増え、膣内をかき乱した。

十分に解れたそこから指を引き抜き、実羽の愛液で濡れたそれを晴樹はためらいなく口に含む。

見せつけるような行為に、いまだに胸を触っているもう片方の手を実羽は軽く叩いた。けれど、晴樹は笑うだけで、全く効果はない。

「こっち向いて」

「んっ」

彼が実羽の身体を回転させようとする。

実羽は意図を汲み取って、晴樹と向かい合わせになるように座り直した。

晴樹はベッドサイドの避妊具を手に取って自身に取りつけると、実羽の腰を掴み、ゆっくりと亀頭を埋めていく。

「あっ……、ん」

「少しずつ俺のに慣れていこうか」

「な、に……それ。そんなに何度もする気なの？」

「当たり前だろ」

晴樹が眉間に軽く皺を寄せた。

実羽は彼が本気でそう思っていることに気づく。確かにそうでなければ三箱も買ってくる必要はないだろう。

実羽の背中に晴樹の腕が回り、実羽も晴樹の首に両腕を回す。

膣内にぴったりと挿入された肉茎は昨晩と変わらない太さと熱さを保っていた。

「……？」

すぐに膣内を擦（こす）られると思っていたのに、一切動く様子を見せない晴樹に実羽は首をかしげる。

「一回だけって言われたからな。ゆっくり、じっくり、じっとりと楽しもうと思って」

「え、えぇえ!?」

「すぐに腰振って終わりなんてつまらないだろ」

意地の悪い笑みを浮かべながら、晴樹はゆっくりと身体を前後に揺らしだす。

少しずつ擦（こす）られるのがもどかしく、実羽の膣奥はじくじくと疼（うず）いた。

宣言通り晴樹は身体を合わせながら実羽に優しく話しかけ、口づけを繰り返す。

激しく乱されるより、穏やかなこんな行為のほうが快感が深い気がした。

淡くて甘い抽挿をされると、彼の欲望の大きさと形がはっきりとわかる。

意識をしないようにすればするほど、下腹部を圧迫するそれを感じてしまった。

「も、そろそろっ……」

「何だよ。ギブアップか？」

こくこくと何度も頷くと、晴樹は実羽の背中を強く抱きしめながら突き上げた。

「あ、あ、あぁぁあっ」

自分が言い出したこととはいえ、突然の激しい抽挿に眩暈がする。甘い嬌声を上げ、晴樹の律動に合わせて実羽も腰を跳ね上げた。

最奥をぐりっと抉られ、その愉悦に足先を痙攣させながら実羽は絶頂を迎える。膣内を強く締めつけてしまい、晴樹に艶やかな呻き声を上げさせた。

「はぁっ……は、ぐっ……美麗っ」

「……っ！」

どちらのものかわからない汗が混ざって飛び散り、実羽は身体を倒す。

熱を持っていたはずの身体が、晴樹のたった一言によって一瞬にして冷たくなる。

実羽は蹲ってしまいたくなる衝動をどうにか耐えた。

知っていたはずなのに――

(忘れてた……。私は実羽ではなく美麗であることを)

涙が目尻から零れた。

実羽は晴樹との行為を終えた後、風呂に入り、そこで身体を温めた。

「馬鹿、ほんっと、馬鹿すぎる」

実羽の目的は晴樹となるべくかかわらずに過ごし、美麗と入れ替わって父の形見を手に入れることだ。

だというのに晴樹と一緒にいることが楽しくて幸せで、本当の婚約者になった気分で甘やかされるまま受け入れていた。

何度も自分は美麗ではないと考えていたはずなのに、本質的には理解していなかったのかもしれない。こんな状況になってしまってどうすればいいのか、実羽にはわからなかった。

身体の関係を持ってしまっては――いや、あのマンションで共に食事をした時点で実羽の計画は破綻していたのだ。

実羽は髪の毛をぐしゃぐしゃとかき毟(むし)り、湯に身体を沈める。

何度考えても、どうすればいいか答えは出なかった。

実羽が風呂から上がると、入れ替わりで晴樹が入る。

その間に帰る支度を済ませた。

いろいろと考えてみたものの、いい考えは浮かばない。実羽は結局、口を閉ざし、このまま過ごすことを選んでしまった。

彼に正直に全てを打ち明けることが正しいことだと頭ではわかっている。けれど、それで拒絶されたらと思うと実羽に勇気は出なかった。

結局自分が一番可愛いのだ。

晴樹を傷つけたくないのではなく、自分が傷つきたくないし、嫌われるのが怖い。

全てのことに目を瞑(つぶ)った実羽は支度を終え、差し出された晴樹の手を取って部屋を出た。

晴樹がチェックアウトをしている間エントランスで待っていると、不意に後ろから声をかけられる。

「もしかして、宮島美麗さん？」

無意識に肩がビクンと揺れた。

実羽は自分は美麗だと言い聞かせて、機嫌の悪い顔で振り返る。

そこにはスーツ姿の男性がいた。柔和な笑みを浮かべ、人当たりのよさそうな雰囲気だ。晴樹とはまた違ったタイプの甘い顔をした美丈夫だった。

スーツの質のよさや美麗を知っているらしいことから、晴樹と同じ上流階級の人間だということがわかる。

「……どこかでお会いしたことがあったかしら？」

実羽は誤魔化すように努めて冷たい声を出した。

美麗をフルネームで呼んだくらいだ、大して親しくはないだろうとあたりをつけて、心を落ち着かせる。

「いや、話をしたことはありませんよ。俺が一方的に君を知ってるだけ」

「……」

それはそれで危ない気がして、実羽は思わず一歩後ろに下がった。すると、男性は慌てて言葉を続ける。

「ああ、違う違う！　俺、晴樹の友だちなんですよ」

「え？　彼の？」

「そう、だから君のことを知ってたんです。ストーカーじゃないから安心して」

本当に晴樹と知り合いなのか、実羽にはわからない。すぐそこに晴樹はいるが、視線を向けるのも何だかためらわれた。

「お一人ですか？　晴樹と一緒じゃないの？」

まるでナンパみたいだ。

無視しようと思ったが、男性は実羽の返答を待って、じっとこちらを見ている。

強い視線に晒(さら)され美麗のメッキが剥(は)がれてしまいそうで、実羽の背筋に汗が流れた。

どうやって追い払おうか思案していると、晴樹がこちらに向かってくるのが見える。

実羽の前に男性がいることに気づき、不機嫌そうな顔をした。

「おい、人の連れに何か用……って、お前、珪(けい)か」

晴樹は実羽の傍(そば)までやってきて男性の顔を見て、驚きで目を見開いた。

どうやら実羽に話しかけてきた男性は本当に晴樹と知り合いのようだ。しかもなかなか親しい間柄らしい。

「よぉ、晴樹。今日の夜、ここでちょっとしたパーティーがあって、それに参加するために来たんだ。そうしたら、お前の婚約者がいるのが見えたから、お前もいるのかと思って声かけてただけだよ」

彼はそう言って実羽に向かって「ね？」と同意を求めてきた。けれど実羽の身体は強張ったままで、とっさに頷(うなず)くことができない。

晴樹は実羽を気遣うように男性を紹介してくれた。

「こいつは俺の昔からの知り合いで神楽坂(かぐらざか)珪。一応ホテル会社の副社長で、このホテルもこいつのところの系列なんだ」

実羽はようやくホッと身体の力を抜くと、神楽坂に軽く頭を下げた。

「あら、そうなの？　それなら、お世話になったってことかしら？」

「どういたしまして。俺は何もしてませんが、お世話したことになるのかな……」

晴樹と神楽坂は高校の同級生で、そのころから仲がいいということだった。

普段あまり声を出して笑うことがない晴樹が、神楽坂と笑い合っている。実羽はその姿を見て何だか安心した。

晴樹と生活を共にし二ヶ月近く経つが、仕事ばかりしているイメージしかない。たまの休日もこうして実羽とばかり過ごしてしまうので少し心配していたのだ。

彼に心許せる相手がいたことが嬉しかった。

特に晴樹は会社の社長だ。弱みを他人に見せることはできない。いつも神経を張り詰めているだろう彼が素でいられる相手の存在は貴重だと思う。

「今から帰るのか？　帰る前一緒に飯食わないか？」

「いや、悪い。飛行機の時間があるし、さっさと家に帰りたいんだ」

神楽坂の誘いに晴樹は口の端を上げて、実羽の腰を抱き寄せた。神楽坂は片眉を上げる。

「珍しいな、家には寝に帰るだけだったくせに」

「まあな。心境の変化っていうやつだ」

晴樹が帰りたいという理由は、多分に鞄の中に入っている二箱だ。

実羽は居た堪れない気持ちで、そっと視線を彷徨わせる。

そして、神楽坂がじっと自分を見ていることに気がついた。

実羽は曖昧な笑みを浮かべそうになり、それでは美麗らしくないと顔を引きしめる。つんと冷たく微笑んだ。

「何か？」

「いえ、晴樹は美人の婚約者をゲットしたなーと思っただけですよ」

「そ？　ありがとう」

神楽坂は軽口を叩きながら、実羽を上から下まで見る。その視線は欲情を含んだものではなく、実羽はかえっていやな感じがした。

この視線には覚えがある。晴樹との生活二日目での春日井の時によく似ている。

（私のことを観察してる？）

友人の晴樹の婚約者だから人となりを確認しているのかもしれないが、美麗という人間と比べられている気がして、実羽はひやりとした。

思わず晴樹の陰に隠れると、神楽坂の視線が外れる。

「じゃ、俺行くよ。そっち戻ったら連絡するからどっかで飯行こう」

「ああ、わかった。じゃあな」

神楽坂と別れ、ホテルの前からタクシーで空港に向かった。

実羽は密(ひそ)かに息を吐く。

昨夜からいろいろなことがありすぎて疲れてしまった。

ぼんやりしたまま、晴樹に連れられて飛行機に乗り込む。ゆったりとした席に座って外を眺(なが)める。

「美麗？」

「……え、あっ……ごめん」

「いや、さすがに疲れたのか？」

「少しだけ」

晴樹がなぜ突然名前を呼び出したのかわからない。

これが自分の名前だったならどんなに嬉しかっただろうと思う。

実羽はこれ以上美麗と呼ばれたくなくて「寝るね」と断って、膝（ひざ）かけを被（かぶ）って目を閉じる。

すると晴樹が実羽の頭を自分の肩に乗せてくれた。

普段と少し違う晴樹の香りがして泣きたくなる。

美麗と呼ばれることは仕方ないことだと言い聞かせてみても、心の奥底で抵抗があった。

少しずつでもいいから、美麗と呼ばれることに慣れなければ。

そう思うのにいつまでも納得できず、実羽は自分の心をどうしたいのかわからなくなっていた。


それから晴樹は、ちょくちょく実羽を「美麗」と呼ぶようになった。

その呼び名が実羽の中に重く蓄積されていく。

しかも夜は晴樹と同じベッドで眠るようになったので、寝不足にもなる。

そのせいか実羽は小さなことで苛々して、自分の感情をうまくコントロールできずにいた。

ある金曜日の夜。実羽はとうとう、自室の布団で眠ろうとしていた。けれど、突然ノックもなしに扉が開いて、晴樹が入ってくる。

「おい、何でこっちで寝ようとしてるんだよ」

「あなたが寝かせてくれないからでしょ」

八つ当たりだということはわかっていたが、実羽は晴樹を睨みつけて言い返す。

「わかった。今日はしないから、とりあえず俺のベッドで寝よう。おいで、美麗」

「……」

駄目だ。

実羽の頭の中で赤い色のランプが灯り、凄まじい警告音が鳴り響いた。

もう一度その名前を呼ばれたら、我慢できなくなって暴言を吐いてしまう。そうなる前に実羽は布団から出て、晴樹の手を取った。

「美麗？」

けれど、晴樹が気遣わしげにその名を呼んだ。

実羽は思わず晴樹の手を振りほどき、叫ぶ。

「名前で呼ばないで‼」

晴樹は驚いて実羽を見つめた。

実羽は自分がやってしまったことがわかっていたが、それでも、気持ちは治まらない。

いやで、いやで、いやで仕方なかったのだ。

すぐに謝らなければと思うのに、唇が震えて言葉を紡げなかった。

晴樹は眉間に皺を寄せて、髪をかき上げる。不機嫌な表情を隠しもせず言った。

「俺に名前を呼ばれるのがそんなにいやなのか」

「……ち、がう」

実羽は首を横に振るが、それが余計に晴樹の機嫌を損ねる。

「何が違うっていうんだよ！　俺が嫌いか？　いやなら最初から拒否しとけ！」

晴樹の怒鳴り声を実羽は初めて聞いた。

「違う！　違う……。そうじゃなくて……。わ、たし……名前が好きじゃなくて……。だって、私には華美すぎる」

そう。実羽には華美すぎる名前だ。美麗自身にはぴったりだとしても、地味で平凡な実羽のような人間が美しくて麗しいわけがない。

同時に実羽は嫌悪感に襲われた。

また嘘をついてしまった。

自分の名前ではないから呼ばれたくないくせに、自分が美麗ではないと知られるのを恐れている。結局また美麗のフリをしてしまうのだ。

「……何だそれ。名前に似合う似合わないがあるのか？」

「あるの。私にはある……」

「そうか。……なら何て呼べばいい？」

実羽が床に視線を向けながらぽつりと呟くと、晴樹は穏やかな顔に戻り優しい声で聞いてくれた。

「……えっと、その、じゃあ〝みぃ〟がいい」

〝みぃ〟は実羽の小さいころのあだ名だ。本当はみーちゃんと呼ばれていたのだが、さすがに子どもっぽすぎるので、〝みぃ〟と告げる。実羽も美麗もどちらも「み」から始まるのでちょうどよかった。

「はあ？　何だその子どものあだ名みたいなの」

「い、いいじゃない！　私がそれがいいって言ってるんだから！」

「はいはい、わかったよ。それじゃあ、〝みぃ〟寝るぞ」

晴樹が笑いながら改めて手を差し伸べてくれる。実羽はためらいながらもその手を取った。

結局何も解決しておらず、ますます深みにはまっているだけな気がする。それでも、実羽は少しでも長くこの温かい手を握っていたいと思った。

第四章　梅雨晴れ

梅雨も明けた八月初旬。最長期間の三ヶ月まであと一月を切っている。

幸いなのか、美麗が見つかったという話は聞かない。

ただ穏やかに平凡に暮らしていたはずなのにどうしてこんなことになったのだろうと、実羽は皮肉めいた笑みを浮かべた。

見ていた雑誌をぱたんと閉じ机の上に無造作に置く。リビングのソファにぐだーっと寝転んでいると、晴樹がやってきた。

「仕事、一段落ついたの？」

実羽はそのままの格好で、晴樹に聞く。

晴樹は実羽と過ごすためなのか、早く帰宅するようになり、土日も家にいることが多い。

その分仕事が詰まり気味になるのか、家でも仕事をしている。

「ん？　ああ、一応な。ところで、みぃ、お前ウェディングドレスとか選ばなくていいのか？」

「……そう、だね。ちょっと、その、二人に相談してみる」

すっかり忘れていたが、もうすぐ結婚式があるのだ。ただし実羽のではなく美麗のだが。

結婚式について実羽は伯父から何も聞いていない。下手に晴樹の質問に答えるわけにはいかなかった。

「二人？　……ああ、親ってことか」

「うん」

どれだけ嘘をつこうとも伯父たちを「両親」とは言えなかった。

実羽にとっての両親は亡くなった二人だけだ。

「要望があるなら早めに言えよ？」

「……わかった」

晴樹と共にゆっくりとした土曜日を過ごし、次の日の日曜。

実羽は久しぶりに伯父の家に出向いた。

正直、来たくはなかったが、伯父夫婦に呼び出されたのだ。

「お久しぶりです」

実羽は前回と同じ客間に通された。これまた前回同様、目の前には伯父夫婦がいて、近くに松崎が控えている。

「これは凄い」

「何言っているんですか、あなた！　私の美麗はこんな程度ではありませんよ」

「それはそうだが、ぱっと見よく似ている。これだったら彼も気づいていないだろう」

「まあ、それはそうですけど……」

実羽を見るなり挨拶もそこそこに、伯父夫婦は勝手に会話を始める。

実羽はムッとしながらも少し安堵した。

彼らと連絡は取っていないので、伯父夫婦に今の実羽と晴樹の関係は知られていないはずだ。けれど、ひょっとしたら監視でもつけられており、二人の関係に伯父たちが気づいたのではないかと心配していたのだ。

もし知られていれば、すぐにでも実羽は晴樹から引き離されるだろう。

「美麗の居場所はまだわからないが、少し当てがあってな。予定通りで決着をつけられる」

「そう、ですか……」

実羽はぼそりと呟く。すかさず伯母が反応した。

「何ですのその反応？　あまり嬉しくなさそうですわね。もしかして彼に好意でも持ったのかしら」

「いえ、そういうわけではありません」

女性というのはこういうことに鋭い。

実羽は絶対に悟られてはいけないと気を引きしめた。

顔を上げると、伯父がゆったりと口を開く。

「そろそろ結婚式についての話が出るかと思ってね」

あまりにもタイムリーで驚いてしまう。

確かに昨日晴樹にウェディングドレスをどうするのか聞かれたばかりだ。本来、招待状も出していなければならないし、準備をどうしたらいいのか困ってもいた。

「彼には、新婦側の準備は全てこちらでしているから安心してほしい、と言っておいてくれ。あとは適当に誤魔化せ。ドレスはお前が選びに行っても構わない。当日ドレスが違ってたところで、何とでも誤魔化しはきく」

やはり、この作戦はあまりにもずさんだ。

晴樹は伯父が思っているほど鈍くも馬鹿でもない。最初は美麗に興味がなかったみたいなのでどうにかできたかもしれないが、今ではそれも無理だ。

きっと、今回のことは遅かれ早かれ晴樹にバレる。

彼はきっと美麗が実羽ではないということに気づくはずだ。

その時、晴樹がどうするのか実羽には見当もつかなかった。

父の絵のことよりもそれが気になってしまう。

特にそれ以上話をすることもないので、実羽は松崎に送られてマンションに戻ることになった。

流れる町並みを眺めながらぼんやりと考える。

やはり自分の口から晴樹に真実を伝えてしまったほうがいいのではないか。

もしかしたら許してもらえるかもしれないという淡い期待を抱く。

いつの間にか、信号で車が止まっていた。視線を感じて顔を上げると、バックミラー越しに松崎と目が合う。

「自ら話してしまおうなどと、考えないほうがよろしいですよ」

「え……？」

「そのようなことをすれば、あなたの父上の絵は確実に破棄されます。それに、代償としていろいろな不幸があなたに降りかかることになるでしょう。例えば、記憶にない借金が存在していたり……とかですね」

「それは、脅しですか？」

信号が青に変わり、車が動き出す。松崎は何も答えなかった。

マンションの前に車をつけると、松崎は再び不思議な一言を呟く。

「あの方は彼とは絶対に結婚しませんよ」

「……え？」

実羽は足を止めるが、車は動き出してしまう。松崎の言葉の真意は確かめられなかった。

いったい松崎は何が言いたいのだろう。あの方というのは誰なのか。

もし彼というのが晴樹を指すのであれば、あの方は美麗だ。

けれど二人が絶対に結婚しないなどと、どうして松崎が断言できるのか。実羽には全くわからなかった。

それから、数日が経った。日差しがだんだんと強くなっていく。

実羽は表面上、何事もなく過ごしていた。

今年は猛暑になるという。

連日の暑さに、実羽ができるだけ涼しい格好をしているのに、晴樹は毎日かっちりとしたスーツ姿を崩さない。車通勤の彼は、暑苦しい場所を通らないので苦には思わないのかもしれない。

そんなある日の夜、実羽は晴樹と二人で食事をしていた。

晴樹はいつもより口数が少ない。表情も面白くなさそうで、どうやらいやなことがあったらしいとわかった。

不意に晴樹がぽつりと呟(つぶや)く。

「今週末、空けといてくれ」

「別にいいけど、どこかに行くの？」

「ああ、行きたくない場所に」

晴樹はため息をついて、ビールを呷る。

そういうわけにはいかないのだろう。

気持ちは察するが食事の時に不機嫌な顔はしないでほしい。

「ちゃんと一緒に行くから、そんな顔でご飯食べないの。『ご飯はおいしく』だよ」

「みぃはいつも呑気だな。お前、いやなことってあるのか？」

「人生にいやなことがない人っているの？」

晴樹の皮肉にカチンときて、実羽は眉間に皺を寄せながら言い返した。

いやなことはたくさんある。今だって晴樹のことで苦しんでいるというのに、何てことを言うのだ。

「そんな人間も世の中にはいるさ」

「そうかもしれないわね。それは否定しないけれど、少なくとも私はそうじゃないの、腹が立つわ。あんまりそういうこと言うなら、しばらくエッチ禁止ね」

「なっ……！　それとこれとは別の話だろ！」

晴樹は魚を噴き出して、慌てた。ちょっとした冗談だったのだが、本気で焦っているようだ。

実羽はそんなに素晴らしいプロポーションなどしてはいない。それなのに、彼は実羽を抱くのが好きなようだ。

旅行の三日後には大きな箱が届いた。中身は避妊具だ。纏めて買ったほうが楽だからと言っていたが、段ボール一箱分買うなんて、どういう神経をしているんだと実羽は頭を抱えたほどだ。

晴樹は食事を終えた後、ソファに座り不貞腐れている。実羽は仕方なく事情を聞いた。彼によると、年に数回ある親族の食事会に行かなければいけないらしい。断ることはできず、強制参加だ。

これだけいやがっているところを見ると、晴樹は親族とうまくいっていないのかもしれないと、実羽は思った。

自分の伯父夫婦を頭に思い浮かべる。どこの家でも血が繋がっているからといって仲よく付き合えるというものでもないようだ。

「きちんとした集まりだから、ちゃんとした格好していかないと駄目なんだが、持ってきてるか？」

「うーん、そっか。ちょっと待ってて」

実羽は自室に戻り、フォーマルなカクテルドレスとセミフォーマルなワンピースを取ってきた。

「こんな感じで平気？」

「……そうだな」

晴樹は二つの服を見比べると、息を吐いた。

「どうしたの？」

「買いに行こう」

「は!?」

「よし、そうと決まったら金曜日の夜に行こう。六時に車を回すから、それに乗って俺の会社に来てくれ」

相変わらず晴樹は突然だ。こちらに予定があるなどと考えてもいないのだろう。

そこで、実羽ははたと気がついた。金曜日は会社だ。六時までにマンションに戻り、出かける準備をするなんて無理だった。

「ねぇ、外で待ち合わせしない？」

「は？」

「だから、……うん。普通のデートみたいに、待ち合わせ」

「デートって……、学生みたいなことを言い出すな」

言葉は不満げだが、晴樹はまんざらでもなさそうな笑みを浮かべる。

「なら、六時半に俺の会社の最寄り駅で待ち合わせしよう。買い物の後、食事をして帰ろうか」

「わかった。楽しみにしてる」

その時間に晴樹の会社の最寄り駅ならば、定時に仕事を上がれば間に合う。

実羽はホッとすると同時に、金曜日を心待ちにした。


そして金曜日。

夕方六時になった瞬間に会社を出て、実羽は待ち合わせの駅へ向かった。駅のトイレで化粧を少し濃くして美麗らしく装う。

服は着替える時間がないので、普段より派手な格好で出社した。そのため同僚に「彼氏でもできた？」と聞かれてしまい焦った。

彼氏どころか、偽の婚約者と暮らしているなど、口が裂けても言えない。

そんなことを考えながら駅前で待っていると、ざわりと周りが騒がしくなった。

目の前を通る女性たちがちらちらと後ろを振り返っている。

「さっき歩いてた人、凄く素敵な人だね。あんな人、初めて見た」

「そうだよね。どこ行くんだろー？　あ、こっちに来る！」

実羽は、まさかと思って視線を上げた。

イギリス製のスーツを上品に着こなした晴樹がこちらに向かってくる。

かっちりとしぼったシルエットが特徴のイギリス製のスーツは体型がはっきり出てしまうため、好まない日本人が多いと聞くが、晴樹にはよく似合っていた。

普段あまり意識したことはなかったが、実羽は改めて彼を格好いい人だと思った。

「みぃ」

「仕事、お疲れさま」

やわらかい声で呼ばれると耳の奥がじくりと疼(うず)く。差し出された手を取るのに一瞬ためらうと、焦(じ)れた晴樹に強く引っ張られた。

エスコートされて百貨店に向かう。

すぐににこやかな店長が出てきて、奥の特設サロンに連れていかれた。

ふかふかのソファを勧められ紅茶が出される。

「ただ今、服飾の責任者を呼んでまいりますのでしばらくお待ちください」

「ありがとう」

実羽は辺りをきょろきょろと見回したい衝動を抑え、ゆったりと腰をかけた。晴樹はさすがに慣れているのか、寛(くつろ)いでいる。

紅茶は香り高く深みのある味がした。

「おいしい……」

「なら、それも頼もうか？」

晴樹がそう言うと、近くに控えていた店員が「すぐにお持ちします」とお辞儀をして去っていく。

実羽が一言呟いただけで買われてしまった。

これは気をつけないと、自分のせいで晴樹に散財させてしまう。実羽はゆっくりと紅茶を味わいながら気を引きしめた。

しばらくすると、品のいい五十代ぐらいの女性が現れる。

「晴樹さん、来るなら、もっと早く連絡しなさいな」

「悪い。すっかり忘れてたんだ」

彼女は呆れたように晴樹を睨んだ後、穏やかな笑みを実羽に向けた。

「初めまして。あなたが晴樹さんの婚約者の美麗さんね」

「よろしくお願いいたします」

実羽は頭を下げて挨拶した。すると、晴樹がその女性に呼びかけた。

「あ、律子さんちょっと」

「何かしら？」

晴樹は立ち上がって彼女に耳打ちをする。

二人は小さな声で何やら話していたが、間もなく晴樹は実羽の隣に腰を下ろした。

律子と呼ばれた女性は、にっこりと実羽を見つめる。

「みぃさん。今日は私があなたのドレスを選ばせてもらうわね。すぐに必要ということなので、仕立てはできないけれど、素敵なものを選ぶから任せてちょうだい！」

「は、はい！」

突然呼び方が変わった理由はすぐにわかった。晴樹が律子に伝えてくれたのだ。ちらりと晴樹を見ると、涼しい顔をしている。実羽は、口の端が上がってしまうのを抑えられなかった。

「ところで、律子さんって……」

「ああ、説明してなかったな。律子さんは俺の叔母なんだ」

律子は晴樹の母の妹なのだそうだ。この百貨店で婦人服のバイヤーをしているらしい。

「さあさあ、まずはこのドレスを着てみましょうか」

律子は一着のシックなドレスを手に持ち、実羽を奥の着替えスペースに案内する。

手渡されたドレスには高級ブランドのタグがついていた。思わず値段を確認しそうになったが、値札は全て外されている。こんなサロンで買い物をする客は値段など気にしないということなのかもしれない。

恐る恐る、白と黒のツートンカラーのドレスに袖を通す。

鏡で確認すると、胸元の開きが大きくとられ、谷間が少し見える。身体のラインを強調するタイプの色気のある服だ。

正直、こんな大人っぽいドレスが自分に似合っているとは思えなかった。

「みぃ？」

「あ、今出る……」

脱いでしまいたいが、見せないわけにはいかない。実羽は勇気を出して晴樹たちの前に出た。

「……」

「何で黙るの……。そ、そんなに似合わないならそう言ってくれれば！」

無言で見つめるだけの晴樹に実羽は思わずくってかかる。すると、喧嘩腰のその言葉に慌てた晴樹が謝ってくれた。彼は頭をガシガシかいて、そっぽを向く。

「違う！　違うって、いや、ごめん。普通に……違うな、凄く似合ってる」

「本当？」

「こんなことで嘘つくか。馬鹿」

それでも信じられなくて晴樹を睨みつけていると、律子が割って入ってくれた。

「あなたたち本当に仲がいいのねー」

ころころと笑う律子の声に、実羽は自分が今いる場所を思い出して俯く。羞恥に頬が熱くなる。

晴樹はばつが悪そうに息を吐いた後、律子に視線を向けた。

「律子さん、これだと胸元が気になる。食事会だし、もっとお堅い感じでお願いしたい」

「それもそうね。肌が出ていると気にする家もあるものね」

彼女は気を悪くする様子もなく、穏やかに言う。

「こっちはどうかしら？　みぃさんはとても綺麗だから似合うわよ。きっと、自信を持つ手助けになるわ」

「服が手助け……？」

「そう。人は自分に合う服を着ていると、堂々と振る舞えるものなの。晴樹さんの本家に行くのなら、自分を助けてくれる服を選びなさい」

律子の言っていること全ては理解できなかったが、何となく察せられるものはあった。

女性にとって服は武装だ。

新しい服は、実羽にとって大切な武器になるだろう。

手渡されたワンピースはスラッシュドネックのノースリーブタイプだった。色は落ち着いたネイビーで、腰の部分に白い花の刺繍とレースがついている。

試着して鏡を見ると顔が明るく見えるような気がして、とても気に入った。

試着スペースを出て晴樹に告げる。

「ねぇ、ねぇ、これ！」

「うん、これだな」

満面の笑みを浮かべてくるりと一周して見せると、晴樹も同じように笑いながら頷いてくれた。

その後、律子に言われるがままに他の服を何着か試着し、靴と鞄を選んだ。

晴樹はアクセサリーまで見ようとしたけれど、実羽はそれを何とか止めて、百貨店の最上階にあるレストランに移動した。

実羽は素敵なドレスを着られることになり、食事中も帰宅後も浮かれ気分だ。

その結果、なぜか晴樹にご奉仕することになってしまった。

「明日はあなたの実家に行くことになっているし、もう夜の十二時近いから私がするだけだからね！」

「わかってるって、俺だってセックスしたから寝坊しましたなんて言えるわけないだろ」

すでに風呂に入り寝る支度を終えた晴樹がベッドの端に座っている。

実羽は彼の前に膝立ちになり、目の前の大きな熱情をつんと触った。

それはびくりと動く。実羽は竿の部分から亀頭に向かってつーっと指先で辿り、真ん中のくぼんだ場所を指の腹でくりくりと弄った。

「んっ……」

晴樹の甘い声が聞こえ、透明な先走りが滲む。その反応に、実羽の身体も熱くなった。硬くそそり勃つそれの鈴口に唇を落とし、ぺろりと舐める。エラの張った部分を口に含んだり離したりを何度か繰り返した。

はらりと落ちる髪の毛を耳にかけ、唾液をじゅるりと啜る。歯を立てないように慎重に肉茎を咥え込んだ。

頭の上から聞こえる熱い呻き声に応えて、すりすりと掌で竿部分を扱き、口を窄めて緩急をつけながら愛撫する。

肉棒を咥えたまま視線を上げると、晴樹は実羽の頭を優しく撫でながら笑っていた。

実羽の身体が喜悦で震える。

「……みぃ、もう離せ」

晴樹が掠れた声を出す。

だが実羽は口腔でさらに膨れたそれを、じゅぷじゅぷと卑猥な音を立てながら舌で扱く。勢いよく吸い上げると、口の中でそれが暴れ白濁を吐き出した。

「くっ……、みぃっ」

「んぁっ……」

口の中に広がる苦い液体をどうしようかと眉間に皺を寄せていると、晴樹がティッシュを差し出してくれた。

「は……、お前、本当に」

「何？」

「いや、ありがとう。口の中ゆすいでおいで」

実羽はこくんと頷き、洗面所に行った。

何度か口の中を洗ったものの、ねばねばとしたものが口の奥にまだあるような気がして、何となく違和感が残っている。

誰かの精液を口に含んだのは初めてだ。こんな味なのかと妙な感心をした。

口の中をすっきりさせてから寝室に戻ると、晴樹が手を広げながら笑顔で迎えてくれた。

「おいで」

「ん、ふふ。ぬくぬくするね」

誘われるようにベッドにもぐり込み、実羽は晴樹の腕に頭を乗せて笑う。彼は額に口づけをしてくれた。

「みぃはいいのか？」

「うん。そろそろ寝ないと本当に明日に支障出ちゃう。明日のこと考えると口から内臓が出そう」

「内臓って」

晴樹は声を出して笑いながら、実羽の身体を強く抱きしめる。

もう夏なのでこうしてくっついていると暑いけれど、実羽はとても気持ちいいと感じた。


次の日、朝から実羽はバタバタと支度をした。

晴樹が買ってくれた服に袖を通し、いつもの派手なメイクを施す。せっかく綺麗なドレスなので、もう少し落ち着いた化粧にしたかったが、自分が美麗であることを忘れてはいけない。

自分の行動と思考の矛盾はわかっていても、最後まで晴樹と笑って過ごしたかった。

小さくため息をついてから、実羽は松崎から手渡されたワインレッドの口紅を塗って化粧を完成させる。

「お待たせ」

「そろそろ、行くか」

迎えにきてくれた春日井の車に乗って、大倉の本家へ向かった。

一時間ほどで大きな屋敷に着く。

屋敷に足を踏み入れると、お手伝いさんらしき人が出迎えてくれる。実羽たちは案内されるままに奥の部屋に入った。

晴樹の親族であろう人たちに、一斉に視線を向けられる。

ピリッとした空気に、実羽は気分が悪くなった。

「晴樹」

「義母(かあ)さん」

妙齢の女性と紳士がこちらに歩いてきた。

晴樹の言葉で、実羽は目の前にいる二人が彼の両親だと気づく。

二人は穏やかな笑みを実羽に向けた。

「こちらの方が？」

「はい、婚約者の美麗です」

「初めまして。ご挨拶が遅くなりまして申し訳ございません。宮島美麗です」

何度も何度も練習した美麗の名前をつっかえることなく名乗る。

優しい雰囲気の晴樹の両親に、実羽の気持ちは多少軽くなった。

「あらあら、可愛い人だこと」

「ああ、ホッとしたよ」

晴樹の両親もなぜか安堵(あんど)したような顔になる。

「義父(とう)さん」

晴樹が咎（とが）めるような声を出した。

もしかしたら、いや、もしかしなくても晴樹の両親は美麗との結婚に賛成というわけではなかったようだ。

少し話をした後、晴樹の両親は自分たちの席に戻る。

実羽たちも用意されていた席に腰を下ろした。

そろそろ晴樹の祖父である大倉家の当主が来るらしい。実羽の緊張は最高潮に達した。

そんな中、近くから囁（ささや）き声が聞こえてくる。

「いいご身分だな」

「お情けでこの家に置いてもらったくせに」

見れば、晴樹と同世代ぐらいの男性二人が晴樹に視線をやりながら、嫌味を言っていた。

実羽の眉間に皺（しわ）が寄る。けれど、晴樹は無表情で無視していた。

「本当に生意気」

「恩情で養子にしてもらったのに、社長に就いてるんだ。うまくやったよな」

彼らが何を言っているのかはっきりとはわからないが、晴樹を馬鹿にしていることだけはわかる。

実羽は思わず言い返したくなったが、晴樹に「いいから」と手を握られ、どうにか心を落ち着かせた。

本人がいいと言っているのだから実羽が何か言うことはできない。逆に晴樹の立場を悪くしてしまう可能性がある。

周囲を窺うと、周りの親族も意地の悪い笑みを浮かべ、晴樹を悪く言うのは当たり前だという雰囲気を醸し出していた。

（ひどい、何て空気悪いんだろう）

実羽は爪が食い込むほど拳を握りながら、気にしないふうを装った。

幸いそれほど経たずに晴樹の祖父が来て、食事会が始まる。

空気が想像以上に重苦しくて、おいしいはずの料理の味がしない。

大倉の当主は重々しい声で晴樹に話しかけた。

「晴樹、仕事はうまくいっているようだね」

「ええ、おかげさまで何とかなっております」

「そうか、精進しなさい」

当主の声にとげとげしさはなく、特に晴樹を悪く思っている感じはしない。安堵しながら話を聞いていると、不意に声をかけられた。

「美麗さん」

「はい」

「どうだい？　晴樹との生活は」

「とてもよくしていただいております」

実羽は嘘と真実を同時に口にする。

本当は美麗ではないという嘘と、晴樹によくしてもらっているという真実。ひどいミルフィーユだ。

すかさず、親族連中が口を挟んでくる。

「そりゃ、こいつは社長様ですよ？　おじい様。いい生活に決まってる」

「そうそう。金があるだけでよくしてもらってると思えるなんて、めでたい嫁だ」

頭の悪い言動が不愉快で、実羽は気分が悪くなった。

「こら、やめないか。すまんね美麗さん。こやつらは晴樹の従兄弟（いとこ）なんだが甘やかされて育っての」

「いえ、お気になさらないでください」

彼らを無視することに決めて、静かに微笑む。

そっと晴樹の両親に目を向けると、二人が顔を強張らせぐっと我慢しているのが見えた。

その後はひとしきり親族の自慢話を聞き、食事会はお開きとなる。

晴樹はまだ両親と話があるというので、実羽は一人玄関で待っていた。

そこに晴樹の従兄弟(いとこ)だという先ほどの男性二人が通りかかる。

実羽は舌打ちをしたい気分になった。顔を背(そむ)けて無視をしているのに、わざわざ目の前に立たれ、声をかけられる。

「……私に何か？」

「いや、あいつの婚約者ってどんな子なのかなと思って。結構、可愛いじゃん」

「あいつなんてやめて俺にしない？　大倉の長男の子といったって、あいつ養子なんだぜ」

にやにやと笑う男たちが心底気持ち悪い。

「お断りします。私、甘やかされて育った人たちには興味ありませんの」

断るだけでよかったのに、余計なことまで言ってしまう。

実羽の言葉を聞いて、男たちは機嫌を悪くした。

「へぇ、俺らよりあいつのほうがよっぽど甘やかされてると思うけどな」

「そうそう。母親がどっかに蒸発して、父親が誰なのかわからないくせに本家に引き取られてさ。伯父さんに養子にしてもらった上に、社長にまでなったんだからな」

それは実羽の知らない晴樹だった。

いくら婚約者にとはいえ、そんなことを他人が勝手に話していいはずがない。実羽だって他人の口から聞きたいとは思わなかった。

それを恥ずかしげもなく話す男たちに、心の底から怒りが湧いてくる。

「それが？」

意図した以上に冷たい声が出た。

「それが……って。だからあいつと付き合ってもこの先おいしい思いはできないって、親切に教えてやってるんだよ」

「先ほどの食事の時におじい様が仰っていたじゃありませんか。彼が社長になってから業績が上がったと。これからますます大倉は栄えるんじゃありませんの？」

「それは、たまたまだろ」

「たまたまでうまくいくなどと思っていらっしゃるのなら、よほど頭がおめでたいのね。凄く羨ましいわ」

「お前、あいつにお似合いなぐらいに腹立つな」

「それはどうもありがとうございます。褒め言葉と受け取っておきますね」

実羽は笑って頭を下げた。これ以上やりすぎると面倒くさいことになるかもしれないと心配したのだが、少し遅かったようだ。

いきなり、腕を掴まれて捻り上げられた。

「つっ……！」

「お前ちょっとこっちに来いよ」

「礼儀を知らない奴には、ちゃんとお仕置きしないとな。自分の立場をわからせてやるよ」

実羽は冷や汗をかいた。

助けを呼ぼうと周囲を見回したところで、不意に憤怒の声がした。

「何をしてるんだ」

視線を向けると、無表情の晴樹がいる。

実羽は息を詰めた。もしかしたら、彼の立場を悪くしてしまったかもしれないと、唇を震わせて床に視線を落とす。

「お前の婚約者が俺たちと一緒に遊びっ……！」

実羽を捕まえている男が笑いながら言おうとしたが、その前に晴樹が男の胸倉を掴み、壁に押しつけた。その拍子に実羽の掴まれていた腕が解放される。

「こいつに手を出してみろ。破滅に追い込んでやるからな」

「ぐぅっ……、そ、そんなことできっ」

「できるんだよ。俺が大人しくお前らのうさ晴らしに目を瞑(つぶ)っていると思っていたのか？　お前らが会社で何をしているか、どんな奴らと付き合っているのかぐらい把握している」

「お、おい！　それって」

胸倉を晴樹に掴まれていないほうの男の顔が青くなる。もう一人の男も慌てて晴樹の腕を外して逃げていった。

どうやらあの二人には何か後ろ暗いことがあるようだ。

いったい何をやらかしているのか気になったものの、あえて聞かなかった。

「大丈夫か？」

「うん。ありがとう」

「帰ろう」

晴樹は実羽の手を優しく撫でる。

すぐに春日井が迎えにきてくれたので、二人はマンションに帰宅した。

車の中でも家に着いてからも、お互い無言のままだ。

着替えを済ませてリビングに行くと、ソファに沈む晴樹の背中が見える。

「ねえ、今日の夕飯どうする？」

実羽はソファ越しに晴樹に抱きついて、彼の肩に顎を乗せた。

「みぃ、少し話をしてもいいか？」

晴樹は実羽の腕をそっと撫でながら、真剣な声で言う。

実羽は晴樹の隣に腰を下ろした。

「いいよ。聞いてあげる」

わざとらしい高飛車な返事をしながら笑うと、晴樹はホッとしたような顔になった。

「今日、従兄弟（いとこ）たちが言ってたことだ。俺は本当の親の顔をどちらも知らない。知ってるのは母親に捨てられたということだけだ」

「……」

実羽はぎゅっと晴樹の手を握った。大丈夫だというように、握った手の甲を優しく撫（な）でる。

「本家の祖父のもとで育てられて、中学に上がる時にアメリカから帰国したばかりの今の両親の養子になったんだ。二人にはとても感謝している。ただ、何だろうな。結局俺は二人に甘えることができないまま大人になってしまったんだ」

「遠慮、したの？」

「どうなんだろうな……。二人に子どもができなかったからかもしれないが、俺を大事にしてくれてるのはわかっている。ただ、養子になったのが思春期になるころだったからな。俺がうまくできなかったんだ」

晴樹は哀しそうに笑う。

実羽は思わず、〝私がずっと傍（そば）にいる〟と言いそうになって、その言葉を呑み込んだ。自分が言っていい台詞（せりふ）ではない。

（どうして、私は美麗じゃないの。どうして私が彼の傍（そば）にいられないの）

感情を胸に留めたまま、実羽は晴樹の頭を抱きしめた。

泣きそうになるのを唇を噛みしめて我慢する。

「晴樹」

「……っ、みぃ」

晴樹は実羽の腰を強く引き、顔を埋める。

実羽は初めて彼のことを理解できた気がした。優しくて不器用な彼を愛おしく思う。

決して歓迎できないその感情を実羽はようやく受け入れた。

やわらかい髪の毛に頬を擦り寄せ、つむじに口づけを落とす。そこに、言葉にできない想いを込めて。

するとと自分を抱き寄せていた手が服の中に侵入してくる。

「こら……」

「何だよ。甘やかしてくれるんじゃないのか？」

「お風呂入ったらね！　まだ駄目」

ぺしんと腕を叩くと、彼は不貞腐れた顔をする。

その顔が可愛くて、小さく笑いながら実羽は風呂場へ向かった。

脱いだ服を洗濯籠の中に放り込み、浴室に入る。

ざばんと身体にお湯をかけると、突然浴室のドアがガラリと開いた。

「え⁉」

「何だよ」

「何だよって……私の台詞だと思う」

思わず胸元と下腹部を隠す。晴樹は獲物を見つけた肉食獣の目で楽しそうに笑った。

広いとはいえ、浴室に身を隠す場所などない。実羽は途方に暮れた。

「一緒に風呂入ろうと思って」

「私はいいって言ってないのに、何で当たり前のように入ってくるのよ」

「俺が入りたかったから」

悪びれない態度が、最早すがすがしい。

実羽は晴樹を無視して、急いでボディタオルを泡立てて身体を洗った。こうなったら晴樹が出ていかないのはわかっているので、さっさと洗って上がってしまおうと思ったのだ。

けれど晴樹は素早かった。実羽の背後に回り、その身体に指を滑らせる。

「ちょ、っと……！」

「洗うの手伝ってやる」

「何そのエロ台詞！」

晴樹の手が厭らしく身体を這い回る。実羽はその手を叩き落とそうとしたが、その前に胸を揉みしだかれ、まだやわらかい頂をぐにぐにと押しつぶされる。

「んんっ」

「俺さ、お前の胸が俺のせいで硬くなってくのが好きなんだ」

「変態」

「男はだいたいそんなもんだろ。俺ぐらいで変態って言われたら、本物の変態に失礼だ」

晴樹はいっそう強く胸の頂を擦る。実羽の口から熱い息が漏れた。身体に力が入らず、ボディタオルを手放してしまう。それを拾った晴樹は泡を手に取り、実羽の身体を洗い出した。

「もう、洗うなら洗うで普通にやってよ」

「これぐらいいいだろ？　ほら、両腕上げろ」

しぶしぶ腕を上げれば、腋を丹念に洗われ、そのまま二の腕から指先まで擦られる。

最早洗ってもらっているというより、点検されている気分だ。

晴樹はお腹や両脚も擦り、最終的には秘所まで洗おうとした。

「待って、待って！　そこは駄目、絶対駄目！」

「何でだよ。俺が丁寧に洗ってやってるのに。ほら、脚広げろ」

「やだってば」

晴樹は両膝を掴んで、無理やり開こうとする。実羽は力を込めて頑張ったけれど、男性の力に敵うわけはなく、彼の目に晒された。

胸を見られるよりも恥ずかしい。それはたとえ何度も抱き合ったことがあっても変わらない。

太ももから付け根部分を擦られて、秘所をふにふにと捏ねられる。

実羽が背中を仰け反らせながらその刺激に耐えていると、花芯に触れられた。身体がびくんと反応する。

「んもっ……！　あっ……」

「奥までしっかり洗っておかないとな」

粘着質な音が浴室内に響いた。

花芯を指の腹でくるくると円を描くように弄られ、我慢できず身体がバスチェアから落ちそうになる。慌てて晴樹が支えてくれた。

「危ないな」

「は、るきのせい」

「確かに。さて、と……シャワーで泡を洗い流そう」

愛撫で愉悦を与えられた身体はシャワーでさえも感じてしまった。晴樹は楽しそうな顔で実羽の下腹部にシャワーを当てる。

「ひあぁっ」

「こっちも奥まで流すからな」

シャワーの飛沫を浴びせられながらぐちょぐちょと指でかき混ぜられて、実羽は軽く達する。

へなりと身体の力を抜くと、晴樹に抱え上げられて湯船の中に沈められた。

「ちょっと待ってろな。俺も洗うから」

もう逃げ出す気力もなく、実羽は大人しく浴槽の中で彼を待った。

「みぃ」

しばらくすると晴樹がお湯の中に入ってきた。実羽を浴槽の縁に座らせる。

太ももにちゅっちゅっと口づけられて、片脚を晴樹の肩に乗せられた。彼の舌が付け根に向かって這う。

ぬるぬるとした舌で秘所をべろりと舐められ、尖らせた舌先をぬぷぬぷと出し入れされた。

実羽は無意識に晴樹の濡れた髪の毛を握りしめる。

晴樹は実羽の腰を掴み、舌を奥へと差し込んで膣内を味わう。

「んんっ、あ、あぁ、んぁっ」

「風呂場のせいか、いつもより熱い気がする」

濡れた唇を手の甲で拭いた晴樹が、実羽の唇に口づけた。

実羽は晴樹の首に腕を絡ませて、さらに口づけを強請る。

すると晴樹が薄い唇に笑みを浮かべながら、もう一度口づけてくれた。啄むようなその行為に温かさを感じる。

ゆるりと口を開くと厚い舌が差し込まれた。ぬるぬると口腔に入ってくる。

実羽はそれだけで全身を戦慄かせた。

「はぁ、ん……」

「みぃ、舌出して」

「……んぁ」

言われた通りに舌を出せば、唇で挟まれ晴樹の口腔に誘われる。

実羽は彼の口腔内に舌を差し入れて、いつもされるように口蓋や頬裏を丹念に舐めた。

ひどく身体が熱い。

ちゅぽんと晴樹の舌を吸い上げてから唇を離すと、互いの唾液がお湯の中にちゃぽんと落ちた。

「もう無理。みぃ、ちょっと待ってろ」

「え?」

晴樹が実羽の両肩を押して身体を離して浴室を出ていき、数秒で戻ってくる。

その手の中には袋から出したばかりであろう避妊具があった。

「もしかして洗面所に置いておいたの？」

「当たり前だろ。まだ隠して置く場所がないか探しているぐらいだ」

「性欲の塊!?」

「男はこんなもん……って言うより、お前の身体と相性がよすぎるんだろうな。何度抱いても飽きない」

何てひどい口説き文句だ。

それでも、実羽は真っ直ぐにお前が欲しいと言われた気になった。頭が蕩けそうなほどのぼせているのは、浴室にいるせいだけではない。

晴樹は実羽の手を取って、壁に押しつけた。

目の前が壁で晴樹の顔が見えないのが少し不安だが、それ以上に胸が高鳴った。

晴樹に腰をぐっと掴まれ、臀部を突き出す形にさせられた。

恥ずかしくなって、実羽は熱い息を吐きながら目を瞑る。

晴樹の熱い肉棒が臀部の割れ目に擦りつけられた。しとどに濡れた秘所に愛液をまぶすように肉茎が動く。

「も、すぐ焦らっ……！　んぁあっ！」

文句を言った瞬間に、ずぷりと差し込まれた。背中が弓なりに反って、足の指先に力が入る。

ゆっくりと膣奥に大きな欲望が挿入されていった。

晴樹は背中にぴったりとくっつき、実羽の胸をぐにぐにと揉む。

首筋に舌を這わされ、耳朶を優しく噛まれながら実羽の一番好きな場所、胸の頂を擦られる。

その甘い快楽に身を任せて、実羽は嬌声を上げた。

ぱちゅんぱちゅんと卑猥な音が結合部分から零れ落ちる。

晴樹の腕がお腹へ回り、身体を激しく揺さぶられた。

実羽の脚から力が少しずつ抜け、ずるずるとタイルの上を滑る。

それでも晴樹の抽挿は止まらない。より激しく奥を穿たれる。

まるで獣になったような激しさにくらくらと眩暈がしそうだ。

「みぃ……、みぃ、気持ちいい……。ずっとこうしてお前の中にいたい。お前を閉じ込めたい」

「んぁ、や、変なこと言わないで」

「みぃ。ずっと一緒にいよう」

その言葉に実羽の足の指先から痺れが駆け上がった。

愛しているよりも、実羽にとって熱烈な愛の言葉だ。

蠢く膣内をじゅぷじゅぷと擦られて、実羽は快楽の波に呑み込まれながら絶頂に達した。

「駄目、あ、くる、あ、あぁああっ、ひぁあああん」

「くっ、みぃ……出るっ」

晴樹が腰を押しつけ、膣内の熱がびくりと動いた。

そして顎に手を添えられ、ゆっくりと晴樹のほうに顔を向かせられたと思ったら口づけをされる。

その後晴樹は、ぼーっとしている実羽を湯船につからせた。幾度も首筋や背中、耳朶に口づけを繰り返す。

実羽は彼の温かい腕の中でまどろんだ。

晴樹の家で一悶着があってから数日。

実羽は視線を感じていた。会社帰りに何度も後ろを振り向くが、実羽を見ている人はいない。

気のせいだったのかと、マンションに向かった。

スーパーに寄って買った食材でいつものように食事を作る。

「ただいま」

「おかえり、今日は麻婆（マーボー）ナスとチャーハンだよ」

「中華か」

晴樹が嬉しそうに言う。どうやら、お気に召したようだ。

着替えを終えた彼と共に食事を取った。

「最近はどうだ？」

「どうって？　んー、特に何もないかな」

「そうか。俺の家でのこともあるし、ちょっとでも気になったことがあれば言ってくれ」

「ん、わかった。ありがとう」

晴樹は彼の従兄弟（いとこ）たちの動向が気になっているようだ。

逆恨みして実羽に何かしてくるかもしれないと心配しているらしい。

実羽には彼らがそこまでするような人物には思えなかった。

「それより、晴樹。私、明日の夜、友人と食事をしてくる予定なの」

「そうか、わかった。食事は勝手に済ませるから大丈夫だ。車を出さなくていいのか？」

「電車で行きたいから、いらないわ」

「じゃあ、駅に着いたら連絡をくれ」

「ん、そうする」

その日は、そんな会話をしながら食事を終えた。

次の日、友人の香代と別れて電車に乗り込み、マンションの最寄駅に着いた瞬間。ぞわりと背中に悪寒が走った。

マンションにいる晴樹に連絡を入れて、いつもの道を早足で進む。

自分の足音がやたらと響く。心臓の音に急かされるようにマンションに向かっていると、突然路地裏から人が飛び出してきた。

「ひっ……！」

思わず立ち止まり、一歩足を引く。男は明らかに実羽を見ている。本能が逃げろと警告した。

男が一歩こちらに近づくのと同時に、実羽は男に背を向けて走り出した。後ろから「チッ！」と舌打ちが聞こえる。

理由はわからないが、どうやら狙われてるのは間違いなく自分のようだ。

そんなこと有り得るわけがないと思っていた。わけがわからず不安と恐怖で思考が止まる。

逃げなければとは思うのに、どこに逃げればいいのかわからない。

普段の通勤着であればローヒールでもっと走りやすかったのに、と後悔する。今日は晴樹が実羽より早く帰宅すると言っていたので、美麗の格好をしていたのだ。

いっそのこと靴を脱いでしまおうか、そう思った時、晴樹の声が聞こえた。

いるわけがないと思うのに、彼の姿を探してしまう。

「みぃ！」

晴樹がこちらに向かって走っていた。

実羽は転びそうになりながら彼に駆け寄る。途中、足を捻(ひね)って身体がぐらりと傾いた。

とっさに晴樹が支えてくれる。実羽は息を切らして、晴樹を見上げた。彼は実羽を追いかけていた男を睨(にら)んでいる。

「お前、誰の差し金で動いてる」

「……」

男は踵(きびす)を返した。だが、その目の前に春日井が立ちふさがっている。

「くそっ！」

がたいのいい春日井に向かうよりは、晴樹と実羽を突破したほうがいいと判断したのだろう。男はこちらに向かって走り出した。

身体が動かず、実羽はひゅっと息を吸う。

「え……？」

次の瞬間、晴樹は男の懐(ふところ)に飛び込み、脚を捌(さば)いて地面に倒していた。実羽は、目をぱちくりと瞬(またた)かせる。

「う、っそ……」

「何が嘘なんだよ」

晴樹が実羽の言葉に呆れたように返事した。

今の動きは柔道の動きだ。春日井が柔道をしていたと聞いたことはあったが、晴樹もそうなのだろうか。

「あれ？　知りませんでした？　社長は俺よりも強いんっすよ」

「えぇええええっ！　冗談でしょ!?」

「失礼な奴だな。せっかく助けてやったのに、何だその言い草は」

「ご、ごめん。ごめんってば！」

晴樹に手を差し出されたので、実羽はそれを取って立ち上がろうとした。だが、右足首に痛みが走る。

「……さっき捻ったのか？」

晴樹の手が背中と膝裏に回り、抱き上げられた。お姫様抱っこだ。

二十七年間の人生で初めてお姫様抱っこをされて、実羽は動揺した。

「あぁあのっ！　肩を貸してくれれば、歩くから！　歩くから、この格好は恥ずかしい！」

「五月蝿い。怪我人は大人しく抱かれてろ。春日井、俺はこいつとマンションに戻る。

そいつのことは任す。後で報告してくれ」

「了解」

春日井は地面でのびている男を担ぎ、実羽たちとは反対方向へ歩いていった。

「彼はどこに？」

「車」

「……何か、怒ってる？」

晴樹は厳しい顔をしており、明らかに怒っている。

それが暴漢に対してなのか、実羽に対してなのかはわからない。

実羽の問いに晴樹は答えなかった。実羽はただ大人しく彼に運ばれる。

少し怖いと思いながらも、助けてもらったことに感謝した。

ぎゅっと彼の首に腕を回して抱きつき、すりすりとその首筋に擦り寄せる。

しばらくしてマンションに着くと、晴樹が足を手当てしてくれた。

「悪い」

「……どうしたの？」

「俺がもっと気をつけていれば、こんなことにはならなかった。みぃに怪我させることはなかったんだ」

「晴樹……」

彼が怒っていたのは実羽に対してでも暴漢に対してでもなく、自分自身に対してだった。けれど、晴樹が悪いわけではないのだから、謝る必要などない。

実羽は晴樹の頬に口づける。

「どうして晴樹はあそこにいたの？」

「多分、あの暴漢はあいつらが用意した男だと思う。奴らがみぃを狙っている、そういう情報があったんだ」

「あいつら……、ああ」

そう言われて、晴樹の従兄弟たちの顔が浮かんだ。実羽は晴樹の肩に頭を載せる。

「それで？　どうしてタイミングよく現れたの？」

「最近変なのがこの辺りをうろちょろしているって話もあって、春日井に調査させようと思っていた。ちょうどみぃが今から帰るって連絡くれたから、駅に迎えにいったんだ」

「わざわざ……？」

「そ、わざわざこの俺がな。本当、行ってよかった」

駅に向かう途中で実羽を見つけ、急いで車を降りてきてくれたらしい。

「もっと早く見つけていれば、こんな怪我させずに済んだのにな」

晴樹は包帯が巻かれた実羽の足首を見る。大げさに包帯なんてされているが、軽く捻(ひね)ったただけだ。

それでも晴樹からすると、小さな傷も負わせたくないみたいだった。

「びっくりするぐらい格好よかった」

「嘘、とか言っていたのにか？」

「だって、あなたが柔道やってたなんて知らなかったもの」

「別にわざわざ言うものでもないだろ」

彼は、柔道はすでに辞めていて筋肉も昔に比べれば落ちていると言う。

それでも実羽は胸がときめいた。

「しばらくは俺がお前の面倒を見てやるな。飯はうまく作れないからデリバリーだが」

「晴樹が作ってくれるなら、私はそれだけで嬉しいけど、足首軽く捻(ひね)っただけなんだから、面倒見てくれなくても大丈夫だよ」

実羽が大丈夫だと言うと、晴樹は何かを企(たくら)んでいるようなあくどい笑みを浮かべた。

「ふぇっ!?」

「俺が、したいだけだから気にするな」

「き、気にする！　すっごい、気にする！」

全力で断ったものの、その日一日、お姫様のように扱われた。

なんだかむず痒(がゆ)い気持ちで落ち着かず、翌朝、晴樹に必死に頼んでやめてもらった。

その後、暴漢は警察に連れていかれ、首謀者が晴樹の親戚だったことが判明したそうだ。結局彼らがどうなったか、晴樹は教えてくれなかった。

第五章　驟雨

晴樹からパーティーに一緒に出席してほしいと言われたのは、太陽がじりじりと肌を焼く八月の半ばだった。

彼が招待されるパーティーとなると、きちんとしたドレスを用意しなければならない。

実羽は慌てそうになったが、先日の大倉の家に着ていったドレスと一緒に買ってもらったものがあったことを思い出す。

クローゼットを開けて、晴樹が選んだドレスを何着か取り出す。

すると途中で裾がひっかかり、両親の遺影がカタンと倒れた。

「わっ、しまった！」

慌てて、遺影を立て直す。両親の優しい笑顔が目に映った。

「……私のこと、怒ってる？　それとも仕方ないって笑ってる？」

実羽はため息をついて、ごろりとフローリングに寝転がった。

「痛い……」

硬い床は、身体に痛い。

実羽は、ずりずりと匍匐前進して布団にもぐり込む。

こうして自分の布団で寝るのは久しぶりだ。

最近はもっぱら晴樹のベッドで寝ている。

せっかく買ったのにもったいない気がするが、抱かれない時でも必ず晴樹は実羽を抱きしめて眠る。なので、実羽も晴樹のベッドで寝る癖がついてしまった。

今、晴樹はアメリカに出張に行っていて、三日後に帰ってくる。帰ってきた二日後の夜が例のパーティーだ。本当に忙しい。

彼がいないのをいいことに適当な食事で済ませ、下着一枚で部屋をうろつくだらけた数日を過ごした。

一緒に過ごし始めてからそう長く経っているわけではないのに、やはり寂しい。

実羽は晴樹が帰ってくる日をカレンダーを眺めながら指折り数えた。

そうして迎えた、彼が帰ってくる当日。実羽はいそいそと和食を用意して待っていた。

ガチャリとドアの開く音を聞き、忠犬のように急いで玄関まで出迎える。

「ただいま」

「おかえりな……さい」

けれど、晴樹は実羽を強く抱きしめた後、すぐに部屋に行きベッドにもぐって眠ってしまった。

「時差ボケ？」

実羽は海外に行ったことがないので、時差ボケの経験がない。だから、対処方法はわからなかった。

実羽は静かに部屋のドアを閉めて、晴樹の分の料理を冷蔵庫にしまう。

一人で自分の食事を取り、晴樹の眠るベッドにもぐり込んだ。

晴樹は穏やかな寝息を立てながら、熟睡している。

その顔をそっと覗き込む。彼の横顔は疲れていても綺麗だ。

久しぶりの晴樹のにおいに安堵して、実羽は深く息を吐いた。

くるりと晴樹が反対向きに転がってしまったので、仕方なくその背中に抱きつく。すぐに実羽も眠りについた。

意識が浮上しだしたのは、身体に異変を感じたせいだ。

身体の上に重い何かがのしかかり、身動きができない。金縛りかと思うが、身体が熱く疼いている。

いったい何が起こっているのだろうかと、短い息を吐きながらゆっくりと目を開ける。

ぼんやりと天井が見えた。

ぴちゃ、ぴちゃっと濡れた音が聞こえ、視線を下に向けると胸元に黒い何かがあった。

一瞬息が詰まり、全身が硬直する。

「起きたのか？」

「は、は……、晴樹？」

胸元にあった黒い何かが動いて、晴樹の顔が見えた。

実羽の身体から力が抜けていく。

首筋をべろりと舐められ、実羽の肩がびくりと動いた。

自分がどうなっているのか把握すべく身体を起こそうとするが、晴樹から受ける刺激でうまく力が入らない。

晴樹の指が実羽の身体を確認するように這い、いつの間に全部脱がされていた。

胸をやわやわと揉んだ晴樹が舌舐めずりしたのが見える。

実羽の肌がぞくりと戦慄いた。

晴樹が円を描くように乳輪部分を舐め、すでに尖って主張している頂を咥え込む。

ちゅるちゅると吸われ扱かれた。

その甘い快楽に腰がびくびくと動くのを止められない。

胸を弄られるだけで下腹部がきゅんと疼き熱くなる。

そこからじわじわと愛液が滲んでいるのがわかり、実羽は恥ずかしくてたまらなくなった。

ちゅぱっと音をたてながら、晴樹の唇が胸から離れる。そこは彼の唾液で濡れており、とても卑猥にてらてらと光った。

「みぃ、ちょっとこっち」

「ん？」

晴樹はベッドから下りて実羽に手招きをする。実羽はずりずりと膝をつきながら移動し、ベッドの縁に腰かけて脚をぶらりと出した。

それを見届けた晴樹が、実羽の後ろに回り込む。後ろから胸を揉まれ、実羽は「ひぁっ」と声を出してしまう。

また胸の頂を指でくにくにと弄られる。

その手は胸から下腹部に向かい、媚肉をくぱっと左右に広げた。

秘所からぽたりと愛液が落ちる。

そこに彼の指が入り込み、ぐちゅぐちゅと音を立てながら膣壁を擦った。

気持ちがよくて思わず両脚を閉じ、彼の腕を挟んでしまう。

実羽が力を込めて太ももを締めているので動きづらいはずなのに、晴樹の指は構わず実羽の秘所を弄る。

やがて、彼の腕が太ももから抜けた。

実羽はホッと息をつく。けれどすぐに晴樹の腕が両脚にかかり、左右に大きく開かれた。

「ちょっ、馬鹿！　こんな格好させないで！」

「お前が脚を閉じるからだろ？　ほら、もっと可愛がってやるから太もも閉じるな」

「うー、やだぁ。も、感じすぎて……！」

「お前な。そういう台詞は男を煽るから、やめといたほうがいいぞ」

晴樹が実羽の耳を甘噛みしながら、愛液でしとどに濡れたそこにまた指を差し込む。もう片手は花芯を捉えた。

「あ、駄目、そこ、触っちゃ……っ、んんっ！」

膣壁を擦られながら花芯を指の腹でぐりぐりと弄られ、実羽の脳髄が蕩けた。悦楽に仰け反り、びくびくと小さく痙攣して軽く達してしまう。

「お前、締めつけすぎだ。もうイッたのか？　……早く俺のを咥え込みたいって、きゅうきゅうしてるな」

熱い息が耳にかかり、首筋をちゅっちゅっと口づけされながらぺろっと舐められる。

晴樹の言葉に実羽の胸は高鳴った。

「あ、ん、はぁっ、はっ」

短い息を吐きながら、実羽は与えられる愛撫を全身で受け止める。溢れた快楽は、涙になって目尻から流れ落ちた。

花芯をつままれてぐっと強く押しつぶされると、また達してしまった。

「みぃ、ちょっと腰上げろ」

「ん、ちょ、待って……」

数度達したので、かなり疲れている。

実羽はゆるゆると脚に力を入れて、腰を上げる。すぐに腰を掴まれてぷちゅんっと肉茎を膣内に挿入された。

「ひあぁあああっ……！」

膣内いっぱいに彼の肉棒を呑み込み、お腹が熱くなっていく。

「ちょ、はるっ、き！　いきなり、挿れないでよ。そ、れにゴム……！」

「ほら。ちゃーんとつけてるよ」

目の前にひらひらと避妊具が入っていたであろう抜け殻を見せられて、実羽は安堵した。晴樹のことだから、断りもなく避妊具をつけずに挿入することはないだろうと思うが大切なことだ。

ぱちゅんぱちゅんと音を立てて抽挿され、甘い嬌声が漏れる。

「みぃ、こっち向け」

「む、むりぃ……」

きゅうきゅうと彼の熱棒を膣内が締めつけてしまい、身体に力が入らない。

晴樹が息を深く吐いて、挿入したまま実羽ごと立ち上がりちゅぽっと肉棒を抜いた。

ふらふらとしている実羽を自分のほうに向けさせて、ベッドの縁に座る。

実羽は誘導されるまま再び彼に跨ると、膣内を締めつけた。

「んんっ、って！　わぁ」

晴樹がベッドに横になったことでバランスが崩れ、驚いた実羽は声を上げてしまう。晴樹のお腹に手をついて支えながら、彼の顔を見下ろした。

晴樹は意地の悪い笑みを浮かべている。

「動いて」

「ど、どうやるの？」

騎乗位などしたことがない。

実羽は、どうすればいいのかわからず首をかしげた。

晴樹は一瞬真顔になるものの、すぐに破顔する。実羽の顔が羞恥で火照った。

「初めてか、そうか。なら、まず上下に腰を動かしてみな」

「ん、こ、こうかなぁっ、んぁあ、あっ、ん」

彼に言われた通りに腰を上下に動かす。

ぱちゅんと音を立てて繰り返すが、腰を上げすぎて肉棒が抜けてしまったりして難しい。

それでも何度かやっていればだんだんとコツがわかってきた。抜けないように動かしていると、晴樹も気持ちがいいのか、眉間に皺を寄せながら熱い息を吐く。

実羽は指先をつーっと晴樹の首筋から胸の間に滑らせた。汗で湿った身体はとても熱くて、艶やかだ。

「つ、かれた……」

「明日は筋肉痛だな」

「馬鹿」

必死に動かしていた腰を止め、ぴったりと彼の根元部分とくっつける。

確かに明日は筋肉痛になっているかもしれない。

ムッとした顔をすると、晴樹が実羽の腰をゆっくりと擦る。

「こっち倒れて」

「ん……」

身体をぺたんと彼の胸にくっつける。すると胸の頂が擦れて身体がぴくんと動いてしまった。

晴樹の手が臀部を伝い、鷲掴みにする。実羽は驚いて「ひぁっ」と声を上げた。

「俺も手伝ってやるから」

そう言って晴樹が突き上げる。仰け反りそうになるほどの快楽が波のように押し寄せてきた。彼の首に腕を回して、実羽自身も腰を動かす。

そして、じっと見つめ合いながら熱い息を交わらせ、口づけをする。

「あぁん、っん、んん、ふぁっ……っ、あ、っ」

「とろっとろの顔してるな。んっ、気持ちいいか？」

「きもち、いい……、うぁっ」

ぐちゅぐちゅと卑猥な音を立てて、互いの汗と愛液が混じり合う。

部屋の中に淫猥な空気が充満した。

膣奥を穿っている亀頭をぐりぐりと押しつけられ、実羽は快感に抗えなくなる。

「あ、あ、っあぁ、あ、んぁああっ……！」

足先から駆け上がってきた愉悦にびくびくと身体を痙攣させて、晴樹に必死に掴まった。少しでも動けば、また達してしまいそうだ。

晴樹が再び膣壁を擦り上げた。

「駄目ぇ、やぁっ、や、また、くるっ、からぁ！」

「何度でもイけばいいだろ？　大好きだもんな、俺のを締めつけながらイクの」

晴樹は楽しそうに笑い、激しく抽挿を繰り返す。一番奥にぐっと押し込まれるやいなや、身体がびくんと跳ねて、実羽はまた達した。

「あ、あ、あぁああっ、は、はぁ」

膣壁が蠢いて、肉茎を強く締め上げる。晴樹のものがびくりと動き、膜越しに熱いものを出した。

「くっ、はっ、おま、そんなに締めつけるな」

「無理。制御不能」

晴樹が実羽のせいで達してしまったと文句を言うが、そんなことを言われても、自分自身ではコントロールできない。

重い身体を動かして、彼の肉棒を抜く。膜の先端に溜まるものを見て思わず「おぉお……」と、声を出した。

実羽の反応を見た晴樹が、自分の身体を横にして見せないように処理する。まじまじと見たかったわけではないが、そんなふうに隠されるとなんだか気になってしまう。実羽は彼の背中をじっと見つめた。

すると晴樹はさっと立ち上がって、それをゴミ箱に捨てて戻ってくる。

そしてベッドの上に寝そべって、実羽に手招きした。

実羽は晴樹にそっと近づく。その腕に爪痕を見つけた。

先ほど実羽が強く握った時にできたのに違いない。実羽はその傷をぺろりと舐めた。

「ごめん？」

「何で疑問系なんだよ。別に痛くないから大丈夫だ。ほら、寝るぞ」

ぐっと晴樹の腕に頭を載せられる。実羽は大人しく眠ることにした。

汗をかいてべとべとなのでシャワーを浴びたいし服だって着たい。けれど、あまりに疲労しすぎていて結局そのまま眠りについた。

次の日、実羽は全身が痛くて動けなかった。晴樹がいろいろと世話を焼いてくれる。晴樹のせいでもあるので、当たり前という気もするが嬉しくないわけではない。ただちょこちょこと悪戯をしてくるのは困った。

そんなふうに一日を過ごし、パーティー当日。

朝、実羽は晴樹より先に起きた。今日はパーティーの準備をしなければならない。パーティー用のヘアセットやメイクは自分ではできないので、プロに任せることになっている。予約の時間までに他の支度を整えたかった。

晴樹にはそういった準備は必要ないし、ゆっくり休ませてあげようかと思っていたが、何だかそれも悔しい。それに、時差ボケのことを考えても起こしたほうがいいだろう。

実羽は思い切って、晴樹をゆすった。

「晴樹、起きて」

「んん……」

「起きてってば」

晴樹は子どものように毛布を頭まで被ってしまう。実羽は「もう」と声に出しながら、毛布をひっぺがした。

「何だよ……」

「朝だから、起きる。ほら、ちゅーしてあげるから起きて」

「ちゅーって……、べろちゅーな」

「調子に乗らないでよ。べろちゅーしたら、そのままベッドに逆戻りでしょ」

苦笑しながら、ペチンと晴樹の額を叩く。

数日ぶりに帰宅した晴樹と密着したいという気持ちは実羽にもあるが、今日は出かけなければならない。

今からなんて、体力的にも時間的にも無理だ。

むくれている晴樹の唇に触れるだけの口づけをして、実羽はさっさとベッドから離れた。

「起きてこなかったら、ご飯なしだからね！」

「わかったわかった。母親みたいなことを言うな」

「誰が母親よ。それまた言ったら本気で怒るからね」

確かに母親のような台詞だと自分でも思うが、彼に言われると無性に腹が立つ。

相手が晴樹だからなのか、それとも老けているとからかわれた気分になるからかはわからなかった。

　実羽が朝の食事の用意をしていると、ようやく起き出した晴樹が眠そうな顔でやってきた。実羽に背後から抱きつく。

「邪魔」

「たく、すぐに機嫌が悪くなるな。ほら、機嫌直せ」

　晴樹は実羽の身体を自分のほうに向けて抱きしめ、頭を撫(な)でた。彼にとってこれが最大の愛情表現であることに実羽はもう気がついていた。

　自分自身をちょろいなと思いつつも、機嫌が直ってしまう。

「ほら、俺からちゅーしてやる」

「だーめ、帰ったらね」

「ちっ。流されなかったか」

　晴樹は子どものような顔で笑った。

　流されたらそのままなし崩しに始めようとしていたということなのだろうか。

　実羽は晴樹に配膳を手伝ってもらい、二人で朝ご飯を済ませた。

「冷蔵庫に昨日作ったご飯入ってるから、お昼はそれ食べてね」

「みぃは？」

「私は昼過ぎに出なきゃいけないから、ご飯は食べないでおこうと思ってる」

「それで夜まで持つのか？」

晴樹に心配されるが、正直すでに緊張で胃が縮まっている。朝ご飯だけで十分だった。

「大丈夫だよ。それじゃ、私支度があるから部屋にいるね」

「わかった」

メイクをしてもらうとはいえ、美容サロンまですっぴんで行くわけにはいかない。いつも通り化粧を済ませ、ドレスを手に持った。

春日井が迎えにくる手はずになっているので、多少荷物が多くても問題はない。

靴と鞄（かばん）を袋に入れて準備を終えると、ちょうど昼になっていた。

「晴樹、私そろそろ出るね」

「終わるころに迎えにいく」

「わかった。後でね」

玄関先で見送る晴樹に口づけて、実羽は美容サロンへ向かった。

髪の毛を巻き、化粧を綺麗に整えてもらう。

実羽はできるだけ濃いめのメイクをお願いした。

晴樹は薄化粧のほうが好みだと言っていたが、それでは美麗らしくない。

化粧の後は、ネイルが始まった。実羽の知らないうちに、晴樹が頼んでくれていたようだ。

全てが終わるころには夕方になっていた。

美容院を出ると目の前に車が停まり、春日井がドアを開けてくれる。実羽が乗り込むと、スーツ姿の晴樹が座っていた。

「予想以上」

「……予想以上に、駄目？」

「何で、そうなるんだ。予想以上に綺麗だ」

そう言ってくれるだろうと信じていたが、どうしても「綺麗だ」と言ってほしくて、わざとすねてみせる。晴樹もそれをわかっていたのか、呆れた顔で笑った。

実羽はプロのメイクでとても華やかに化けていた。

ここまで変わるのかと感動したぐらいだ。

おかげで、パーティーで誰に会おうとも地味な実羽だとは気づかれないだろう。美麗の知り合いに見られても問題ないに違いない。

会場は有名なホテルの一番広い大広間だった。

晴樹が懇意にしている会社の社長の誕生日の祝いと、その息子の婚約のお披露目をするらしい。

なぜそんな個人的なことを大勢の人でお祝いするのか、実羽にはよくわからない。

仕事は人と人との繋がりが大事なので、祝い事にかこつけて顔繋ぎをしようということなのかもしれないな、とぼんやりと思った。

そんなことより実羽は、美麗ではないとバレないように無難に過ごしたい。

「とりあえず大人しくしておこう」

「お前が大人しくできるのか疑問だけどな」

「失礼な。私は時と場合を考えて行動できる大人です」

胸を張って主張したが、晴樹に鼻で笑われた。何とも腹立たしい。

軽い言い合いをしながら広間に入る。

そこは、見たこともないぐらい華やかな人たちで溢れ返り、実羽は自分が場違いだと感じた。

それを顔に出すことはできないので、どうにか笑顔を作る。けれど、晴樹の腕に添わせた指の震えは止められなかった。

晴樹はぎゅっと手を握り、耳元で「俺の傍にいれば大丈夫だ」と囁く。

実羽は少しだけ落ち着きを取り戻し、周りを見渡した。

晴樹と共に主催の社長とそのご子息へ挨拶に向かう。

「おぉ、大倉社長。今日は来てくださってありがとうございます」

「こちらこそ、お招きいただきましてありがとうございます」

「今日は素敵な女性がご一緒なんですね」

「えぇ、紹介させていただきます。宮島美麗です」

「初めまして」

なぜか晴樹は実羽を〝自分の婚約者〟だとは紹介しなかった。どういった関係なのか説明しないのは、何か理由があるのだろうか。

気にはなったものの、尋ねるのはためらわれた。

実羽は何度も練習した艶やかな微笑を浮かべて、軽く頭を下げる。

「これはこれは、大倉社長も隅に置けませんな。次はあなたの婚約発表かもしれませんね」

「そうですね。その時はご招待いたしますので、お越しいただけますか？」

「もちろんですとも」

社長は鷹揚に頷いた。

裏表のない優しそうな人だ。もちろん大会社の社長をしているのだから、冷徹な判断もできるのだろうけれど胡散くささはない。

社長との挨拶を終えると、晴樹は仕事関係の人たちにも挨拶してくると言って、実羽を置いて会場の奥へ行く。

実羽はさらに肩から力を抜いて、目立たないようにひっそりと隅に移動した。

立食形式で置かれている料理を適度に取り、食べる。

さすがに豪華なパーティーだけあり、おいしい。

もう少し取ってこようかなと考えていた時、声をかけられた。

「あれ？　君」

声のしたほうを見るとそこには先日会った男性がいた。神楽坂だ。

彼とはあまり会いたくはなかった。

「……神楽坂さん、ご無沙汰しております」

「君も来てたんですね。晴樹と一緒？」

「はい。彼は仕事関係の人にご挨拶をしておりますので、邪魔しないよう私はこちらでお料理をいただいているんです」

「ふぅん、そうですか。知り合いもいないのに、一人でいるのはいやではないの？」

実羽は首を横に振って「そんなことありませんわ」と笑ってみせた。

何となく、この男に弱みを見せてはいけない気がしている。

実羽は小さく息を吸い込んで、ぐっとお腹に力を入れた。

彼は初対面の時から美麗にいい感情を抱いていないようだった。

観察しているような目つきで見てくるし、一緒にいることが得策だとは思えない。

実羽はこの場を離れる口実を探した。けれど神楽坂はなおも話しかけてくる。

「あちらにいるお嬢さんをご存じですか？」

「……あの、綺麗な黒髪の女性ですか？」

　実羽は首をかしげた。

「そう。あのお嬢さんは晴樹に随分ご執心だったんですよ。彼もまんざらじゃなさそうにしていたんですけどね」

　神楽坂はニヤリと笑う。

　少し、いや相当癇に障った。

　けれど、ここで口喧嘩を始めれば晴樹に迷惑がかかる。

　実羽はぐっと唇を噛みしめ、何も感じていないように振る舞った。

「そうなんですか、とても綺麗な方ですね」

「気にならないの？」

「私には関係のないことです。もし知る必要があるなら、晴樹さん本人が教えてくれるでしょう」

　神楽坂の眉間に軽く皺が寄った。綺麗な顔が台なしだ。

「俺は、晴樹はあのお嬢さんと一緒になったほうがいいと思っているんです」

　実羽が相手にしなかったのがよほど悔しかったのか、神楽坂はさらに意地の悪いことを言ってきた。実羽は思わず言い返す。

「そもそも、そんなことを私に言ってどうしたいんですか？　晴樹さんと喧嘩になれば、あなたは満足ですか？　これ以上あなたにお付き合いする気にはなれませんので、私は

「失礼させていただきます」

神楽坂にだけ聞こえるように抑えた声で告げ、実羽は彼から離れた。

あまり離れた場所に行くと晴樹が見つけられないかもしれないけれど、とにかく移動したい。

実羽は化粧室に向かった。

厚い絨毯(じゅうたん)を高いヒールで踏みにじるように歩いていると、またしても声をかけられる。

「あの、宮島美麗さんですか?」

実羽はため息をついた。

「……そうですが?」

仕方なく振り返る。

視線の先には、長い睫(まつげ)に縁取(ふちど)られた大きな目をした女性が唇を震わせながら立っていた。先ほど神楽坂が教えてくれた、晴樹に執心(しゅうしん)だったという令嬢だ。

無視すればよかったと、実羽は後悔した。

「私、小日向瑠璃(こひなたるり)と申します。あなたがお兄様の婚約者ですね」

「お兄様……って、どなた?」

「もちろん晴樹お兄様ですわ!」

晴樹がお兄様などと呼ばれているとは思わなくて、驚いてしまった。正直、似合わない。

実羽はまじまじと目の前の女性を観察した。

見た目は実羽より少し年下の二十三歳ぐらいで、晴樹とは一回りほど年齢が違うように思える。

漫画に出てきそうなふわふわとした可愛らしい令嬢だ。

「あなた、本当にお兄様と結婚なさる気なの？　あなたがお兄様と婚約なさるから、私とお兄様は別れなければいけなかったのよ！」

「別れるって……あなた方は付き合っていたの？」

「もちろんですわ！　ゆくゆくは結婚することになっていたのに！　あなたのせいよ！」

あまりの衝撃に実羽の思考は一瞬停止してしまう。

晴樹に付き合っていた人がいて、自分――というよりは祖父だが――のせいでそんなことになっていたとは思いもしなかった。

「今からでも遅くはありません。あなたから婚約を破棄してください」

「それは断ります」

「な、何でですの!?　私が頭を下げて頼んでいるのに！」

いつ頭を下げたというのだろうか？　実羽の記憶にはない。

令嬢が一人で騒ぎ立てているのをぼんやりと見ながら、実羽は考えを巡らせた。

彼女の言っていることが、事実であれば申し訳ないと思う。けれど実羽が勝手に晴樹との婚約を破棄するわけにはいかない。そんなことは伯父が許さないだろう。

それに、何より実羽自身が晴樹と少しでも長く一緒にいたいと思っていた。

晴樹の傍にいてあげたいのだ。

彼は実羽に『ずっと一緒にいよう』と言ってくれた。それは、ただの睦言だったのかもしれない。けれど、実羽にとっては誓いの言葉だった。

実羽が黙っていると、焦れた令嬢が再び叫ぶ。

「聞いてますの⁉」

「ええ、聞こえてますよ。要は小日向さんのために晴樹さんと別れろってことですよね？　なぜ私に言うんですか？　彼……晴樹さんに直接言えばいいじゃない」

「それが難しいことぐらい、あなただってご存じでしょう？　あなたとお兄様のおじい様同士のお約束ですもの。お兄様がおじい様のご命令に逆らえるわけがないじゃありませんか」

確かに晴樹は祖父の決めたことに従ったのだろう。

けれど、なぜそれを彼女が知っているのか。

実羽は考え込んだ。

「だからあなたから断ってとお願いしているのよ。お兄様のことを思うのなら、できるでしょ」

「彼のためにというのなら、できないわ。この話が壊れれば、彼の大倉家での立場が下がるもの。当主の用意した縁談を壊すのですからね。それがどういうことか、あなたにもわかりますわよね？　それでもいいと仰るの？」

「……それ、は……」

令嬢は晴樹の家のことに詳しいようなので、それを理由にしてみた。効果は覿面で、令嬢の顔色は見る見る悪くなる。

婚約破棄を了承したくなくて言ったことだが、実羽の台詞はあながち間違いでもない。美麗から結婚を破談にされたとなれば、晴樹はあの親戚連中に嫌味を言われるはずだ。彼はそれを一人黙って耐えるに違いないけれど、実羽の胸は痛む。

どちらにせよこの結婚がうまくいくわけがないのは知っている。期限がくれば、実羽が美麗でなかったことがいずれバレる。そうなれば破談だ。

本当なら実羽と伯父が責められるべきことだが、あの親戚は「そんなことにも気づかない愚鈍な奴」と晴樹を笑う。

想像するだけで、腹立たしかった。だったら、晴樹から断ってくれたほうがマシだ。

（私がしていることのほうが最低な行為だけど……。きっと晴樹は傷つく）

それでも今さらどうしようもできず、実羽は令嬢に言った。

「わかるでしょ？　私も彼も婚約を破棄することはありえないわ」

「何よ……。何なのよ！　あなたなんておじい様同士のお約束がなかったらお兄様と結婚できないくせに！　愛されてもいないのに、妻になるなんて恥ずかしい人！」

令嬢は大きな目に涙をいっぱい溜め、走り去っていってしまった。

最後に放たれた彼女の言葉が、実羽の心に突き刺さる。

「愛されてないことなんて、知ってるわよ」

ぽつりと力なく呟いた。

もしかして愛されているかもと思うこともあるけれど、それが晴樹にとって真実なのか、実羽にはわからない。そもそも彼の態度や言葉が本当だったとしても、それを受けるべき相手は美麗だ。実羽ではない。

実羽の身体がくらりとかしいだ。

思っている以上に心に負荷がかかってしまったようだ。立っていることもままならない。

壁に手をついて、零れそうになる涙を必死にこらえた。

「先に、帰ろう……」

実羽はふらふらとエントランスに向かって歩き、タクシーに乗り込む。

昼間は降っていなかったのに、今になって雨がひどく降っている。

晴樹にはスマホで【体調が悪いから先に帰る。ごめんなさい】とメールをした。

マンションにつくと、実羽はすぐにドレスを脱ぎ、顔を洗って、布団にもぐり込む。

晴樹の笑顔が頭に浮かんだ。

彼が優しく笑いかけてくれればくれるほど、実羽は罪悪感に苦しめられる。

苦しいのならば、本当のことを話してしまえばいい。

それがわかっているのにできなかった。

この期に及んで、晴樹に嫌われるのが怖い。いずれ来る時を少しでも先延ばしにしたかった。

身体を丸めると、スマホが光る。

晴樹からの心配しているというメールだ。

嬉しいのに、胸が締めつけられた。

どうしても彼に会いたくなくて、今日は自室で寝ると返事をする。起こさないでくれとも。

実羽はスマホを放り投げて、静かな時間を過ごした。

しばらくして晴樹が帰ってきた音がする。小さく扉を開けてこちらの様子を窺っていることがわかったが、実羽は反応しなかった。

そうして、全く眠れずに過ごした次の日。

実羽はこのマンションに来て初めて、朝リビングに出なかった。扉越しにかけられた晴樹の声に、体調が悪いと嘘をつく。

それから、実羽は晴樹が家を出るまで部屋に閉じこもっているようになった。会社から戻ると晴樹が帰ってくるまでに夕食の準備を済ませ、また部屋に引きこもる。

ずっと体調が悪いから寝かせてくれと嘘をついて。

晴樹は無理やり扉を開けて部屋に入ってくることはなかった。それをありがたいと思うと同時に寂しいと感じる。

一度顔を合わせなくなると、どんどん会うのが怖くなる。

もう今の実羽には晴樹に会う勇気はなかった。

第六章　雨夜の日

――パーティーを終えてからこの数日、みぃと顔を合わせていない。

体調が悪いというが、それにしても全く顔を見せないのはなぜなのか。避けられているのかと思うが、理由に見当がつかない。

晴樹は深いため息をついて、机の上に新聞を放り投げた。

最初に会ったころから彼女に一本線を引かれている気はしていた。

けれど、一緒に旅行したあたりからその線が少しずつ薄くなっていったと思っていたのだが、また距離ができてしまっている。戻ったというよりは、さらに遠のいたように感じた。

ごろりとソファに寝転がり、晴樹はゆっくりと記憶を辿る。

パーティーに行く前は普段通りだったはずだ。といってもパーティーの前は出張でしばらく会っていなかったので、何かがあったのだとしても知らない。ただ、帰った当日の彼女の様子は以前と変わらなかったように思う。

帰ってすぐ眠ってしまった自分の背中にくっついて、すやすやと寝息を立てていた。

その姿が、どれほど嬉しかったことか。

彼女を起こさないようベッドを抜け出し、冷蔵庫を開けて自分の好物が目に入った時はますます嬉しくなった。

すぐにベッドに戻り彼女を抱きしめて眠ろうと思ったのだが、久々の彼女の香りに我慢ができなかったのがまずかったのだろうか。

しかし、本気でいやがっていたとは思えない。

怒ったフリはしていたが、許してくれているように感じた。

晴樹はごろりと身体を横向きにし、腕の甲に頭を載せる。

原因を探るため、出張の前のことも思い出してみる。

一緒に夕飯の買い出しに行った。

その時に見つけたカプセルトイを彼女が可愛いと言ったので、次の日に内緒で全種類揃うまで回した。

どうやってやるのか知らなかったので、春日井に電話で教えてもらった。奴は必死に誤魔化していたが、あれは絶対に笑うのを我慢していたに違いない。

かなりの数が被ってしまったが、それは鞄に押し込めて笹川に渡すことにする。

揃ったものを家に持って帰りテーブルに置いておくと、彼女は嬉しそうに笑って「ありがとう」と言った。

それはまだキッチンに並んでいる。

自分の家に本来あるはずのない可愛らしい動物の食玩。

「わからん」

晴樹は口に出して呟いた。

あの日は彼女が積極的で嬉しかったのを覚えている。

だというのに、たった数日でこれだ。

晴樹は今まで女性関係で悩んだ経験がない。だから今のこの状況をどうすればいいかわからず、右往左往するしかなかった。

彼女を幸せにしたいと思い、そのために何でもしようと思っていたのに、それは迷惑だったのだろうか。

温かい食事と「お帰り」と言うやわらかい声。

寒々しかった寝るためだけの場所が、温もりに包まれた家庭になった。

彼女とのくだらない会話も楽しい。

晴樹にいちいちつっかかり、喧嘩腰でものを言う女性は彼女ぐらいだ。

従兄弟からは常に蔑まれ、両親からは優しいけれどどこか腫れ物に触るような態度で接せられた。弱みを見せまいと虚勢を張ってきた結果、会社でも遠巻きにされている。

春日井と笹川のことは信用しているが、部下は部下だ。

晴樹にとって対等の立場で付き合える人間は少ない。そんな中で出会ったのが彼女だった。

向こうはそんなつもりはなかっただろうけれど、晴樹には彼女の遠慮のない態度が嬉しかった。

最初は何て生意気で五月蠅い女だと思っていたのに、気づけば手放せなくなっている。

彼女が何かに悩み、それを隠していることは気がついていた。

それが何なのか、晴樹は聞くのを躊躇している。

もし聞いていればこんなことにならずに済んだのか。

まだ籍は入れておらず、彼女に愛の言葉を伝えてはいない。でも、晴樹に彼女との結婚をやめる気は全くなかった。

どうにかして、現状を打破したい。

とはいえ、晴樹自身にはやはり思い当たる節はなかった。

となると、やはり彼女がおかしくなったのは、パーティーの日だ。あの時、誰かに何かを言われたとしか思えない。

「珪……。あいつなら、何かを知っているかもしれない」

あの日、彼女と珪が話しているのを見かけたことを思い出す。

何度目かのため息をついて起き上がり、晴樹は珪に連絡をいれてから自室に戻った。

一人で眠るベッドはあまりにも広く冷たい。

「くそ……」

自分の不甲斐なさに舌打ちをして、晴樹は苛々とした眠りについた。

翌日の昼。

晴樹は珪と落ち合った。

結局彼女とはまだ顔を合わせていない。ちらっと見かけることはあり、毎日夕食を用意してくれるが、言葉を交わすことはなかった。

徹底的に避けられていることを感じて、晴樹の心に思っていた以上の暗い染みが侵食している。

珪が経営するホテルのレストランで、彼が現れるのをじりじりと待った。

「晴樹」

しばらくして、ようやく珪が爽やかに登場する。

「待たせたか？」

「いや、問題ない」

珪のほうでも晴樹に内密に話がしたいと言い、個室に通される。

「それで？　お前の話って？」

「あのパーティーの日以来、みぃ……美麗の様子がおかしいんだ。お前と話をしていたから、何か知っていることがあれば、と思って」

「……そうか」

晴樹が素直に告げると、珪は微妙な表情で視線を落とした。

何かを知っているのは明白だ。

「その話をする前に、聞いてもいいか？」

「何だ？」

「晴樹さ、お前と一緒にいる女が本当に宮島美麗だと思うか？」

「……」

晴樹は言葉に詰まった。それは彼もずっと感じていた疑問だ。

「その反応は、お前も違和感があるってことだよな。……俺さ、直接面識はないけど、彼女を何度か見たことがあるんだ。その時の印象と、お前の連れている彼女の印象が全く違う」

「珪から見た宮島美麗って、どんなだったんだ？」

「そうだな……。高圧的で気が強い、女王様タイプって感じ。自己中心的で他人のことは顧みない。ああ、気が強そうって意味では変わってないけど、何か違うんだよね」

確かにみぃは気が強い。けれど、自分の気に入らないことに対して喚き騒ぐタイプではない。高圧的なものの言い方をすることもほとんどなかった。

晴樹はため息をつきながら白状した。

「……最初から違和感はあった。俺は彼女と面識はなかったけれど、ブランド物が好きだと聞いていたんだが……」

「彼女全くブランド物に興味ないでしょ」

「そう。俺が買い与えたものしか使わない。カードも渡してあるんだが、必要最低限のものしか買った形跡がない」

「質素だよなぁ……。俺の知っている〝宮島美麗〟と、お前と暮らしている〝宮島美麗〟にはこれだけ相違がある」

違和感が日に日に大きくなっていたのは事実だ。

短く切り揃えられた爪。その指先から作られる数々の料理。

食材は届けてもらえると教えても、彼女はそれを自分の手で持って帰るのが普通だと認識している。そのため、晴樹は一緒に買い物に行くたびに重いものを持たされた。

そんな贅沢に慣れていない彼女を可愛いと思い、見ないフリをしていた。けれど、宮島財閥のお嬢様が贅沢に慣れてないなんてことがあるだろうか。

目の前に突きつけられる疑問。

晴樹は唸るように声を絞り出した。

「お前は彼女を別人だと言うつもりか？　〝宮島美麗〟には姉妹はいない。まさか似ている赤の他人を連れて来たとでも？　それならまだお前の言う〝宮島美麗〟が嘘で、この目で見てきた彼女が本来の彼女だというほうが理解できる」

珪は脚を組み替え水を一口含んでから、神妙な顔をして言葉を紡いだ。

「俺も詳しくは知らないけど、随分前にさ、宮島の家の次男が駆け落ちしたっていう話を聞いたことがあるんだ。次男のほうが人望が厚かっただけに残念だって、俺のじーさんが言ってたんだよな」

その話は晴樹も聞いたことがあった。随分昔のことだし、自分には関係のないことだったので、珪が口にするまですっかり忘れていたのだ。

「……まさか、その駆け落ちした次男の娘だっていうのか？」

「ない……とは言い切れないだろ。調べてみる価値はあると思う。で、もしそれが事実だったら、彼女はお前を騙しているわけだ」

珪の言葉に晴樹は頭をガツンと殴られた気分になる。

彼女が自分を騙している？　そんなことがあるのだろうか。

彼女が晴樹に与えてくれた温もり、優しさ、笑み。それが嘘だとは思いたくなかった。

頭の中に「晴樹」と自分を呼ぶ、彼女の笑顔が浮かぶ。

だが、その笑顔が黒いペンでどんどん塗りつぶされていく。

居た堪れず、晴樹は席を立とうとする。

「そろそろ仕事に戻る。呼び出して悪かったな」

「いや、晴樹待て。お前の質問に俺はまだ答えてない」

けれど、珪に止められ、晴樹は一つ息をついて座り直す。

「……そうか、そうだったな」

みぃが宮島美麗ではないかもしれないという衝撃でいっぱいになってしまい、本来の目的が頭から消えていた。

珪は、申し訳なさそうな顔になる。

「実はさ、俺、彼女を挑発したんだ。高飛車な性格を隠して猫を被ってる彼女に、お前が絆されているんじゃないかって心配して」

「お前……」

「悪かった。俺が悪い。謝るよ。だけど、彼女、乗ってはこなかったよ。言い返されはしたけど、お前のこと信じてるみたいだった……」

まさか珪がそんなことをしているとは思っていなかった。

晴樹がため息をつくと、珪は言葉を続ける。

「それで、だ。彼女の様子がおかしいと言っていたよな。俺との会話が原因ではないと思う。自分のせいじゃないと思いたいからかもしれないが、彼女が俺なんかの言葉でどうこうなるとは考えられないんだ。俺は彼女にとってどうでもいい相手だからな」

「じゃあ、何が理由だと思うんだ」

「……小日向瑠璃」

思いも寄らない名前が晴樹の耳に飛び込んできた。

「あの子が何か？」

「俺も全部聞いたわけじゃないからわからないけど、二人が話している近くを通ってさ。少し話が聞こえた。彼女はともかく瑠璃嬢は大きな声を出していたからな。彼女のせいで自分と晴樹は別れることになったとか、責めていたみたいだぞ」

「……」

晴樹は頭を抱えた。どうして瑠璃がそんなことを言ったのか理解できない。

「お前、瑠璃嬢の両親に頼まれて一緒に食事に行っただけだろう。瑠璃嬢、勘違いしちゃったんだろうな。お前も罪な男だよ」

「一回り近く離れてるんだぞ？　恋愛対象になるかよ」

晴樹は深くため息をついた。まさか本気で自分と付き合っていると思い込んでいたとは想像もしなかった。

瑠璃は晴樹の両親の知り合いの娘だ。

初めて会ったのは中学生の時で、まだ彼女は小さい子どもだった。子どもらしく年上の人間に憧れていたのだろう。晴樹を兄のように慕ってくれていた。それが恋心とやらに成長してしまっていたらしい。

晴樹には妹としか思えなかったし、それ以上の何かにするつもりもなかった。

ただ瑠璃の両親に頼まれ、子守のつもりで何度か食事や買い物に付き合ったことはある。

それも、数ヶ月に一度の割合だ。連絡もほとんどしていない。時おり彼女から学校で何があったなどという日記が届くくらいだ。

美麗との婚約もきちんと伝えていた。「おめでとう」と言っていたというのに。

珪が呆れた声を出した。

「なる奴はなるだろうさ。そもそも宮島美麗とだってそんなに歳が近いわけじゃない」

「確かにな。本当にそれが原因かどうかわからないが、一つ合点がいったよ。実はあの日、泣いている瑠璃に会ったんだ。何も説明はしてくれなかったんだが、しきりに『どうして？』と聞かれた。多分、瑠璃が泣いていた原因はそれなんだろうな」

「それで？　瑠璃嬢のことはどうするんだ？」

「彼女の両親に話をしてみる。……それと、みぃのことは俺のほうで考える」

だからお前は何もするなと言外に伝えて、晴樹は珪と別れた。

会社に戻り仕事を片づける。

頭に浮かぶのは彼女のことばかりだ。

座り慣れた大きな椅子に背中を深く預け、回転させた。窓の外はもうすっかり暗くなっている。

晴樹は隣の部屋にいる秘書の笹川を呼んだ。

「どうしました？」

「頼みがある。俺の婚約者について調べてほしい」

「……なぜでしょう？　奥様に何かございましたか？」

笹川は眉間に皺を寄せた。

今さらどういうことだと思っているのだろう。

ここまで来たら隠す必要もない。晴樹ははっきりと告げた。

「宮島美麗に従姉妹がいるかどうか確認しろ。もし存在した場合、その人間についても情報を集めてくれ」

「……」

「笹川、手が足りないのならどこか信用できるところに頼んでも構わない」

笹川は冷ややかな声で「わかりました。すぐに手配をします」と言い、頭を下げて社長室を出ていった。

晴樹はそれを見届け、ため息をつく。

「こんなこと、しなくて済むならしたくない……」

もしみぃが宮島美麗ではなかったとして、そのことが明らかになった時、自分はどうするのだろうか。

考え、笹川に改めて指示を伝えるためにメールを作成した。

結婚式のことも一度止めるように頼む。

もし彼女が偽者ならば、結婚式をとり行うことはできない。

晴樹は髪の毛をかき上げてから、思考を切り替えた。たまっていた仕事をこなしていく。

帰宅できたのは夜の十一時を過ぎていた。部屋の中は真っ暗だが、人の気配はする。

リビングにはいつものように晴樹の食事が準備されていた。

今となってはこれだけが唯一、彼女との繋がりだ。

ことさらゆっくりとした食事を終えて、眠りにつく。

ベッドを広いと感じる理由に、晴樹は気づかないフリをした。


それから二日後の正午。晴樹は父の代から懇意にしている会社の社長と老舗（しにせ）の西洋料理店にいた。

商談といってもそれほど堅苦しいものではなく、和（なご）やかに食事をする。

「君のお父さんともここには何度か来ているんだが、彼はいつもハンバーグを頼んでね」

「父の好物ですからね。さすがに今は脂っこいものが食べ切れなくなってきたと嘆いていますよ」

「ははは、彼も私ももういい年だからなぁ。健康のことも考えなければならなくなってきたよ」

一時間ほどで食事は終わり、社長と別れて春日井に連絡をする。

「俺だ。今終わった、駅に向かう」

この辺りは道が入り組んでいて、車で迎えに来るのは難しい。晴樹は徒歩で駅まで戻るつもりだ。

道すがら、付近の会社員が多数歩いているのを見かける。

普段車でしか移動しないので、晴樹は新鮮な気持ちになった。

一人だというのに小さく笑みが零れてしまう。取り繕うように口を閉め、真っ直ぐ前を見た。

数メートル先を前からやってくる女性と目が合う。

晴樹は息を止めた。

目を見開きながら、その女性を凝視する。

先ほどまでざわめいていた街の音が遠のき、全く聞こえなくなった。

シンプルな服に普段よりも薄い化粧。印象は全く違うが、彼女がそこにいた。

何度も素顔を見ているのだ。見間違えるはずがない。

それに、相手も自分のことを知っているようで、足を止め固まっている。

みぃがどうしてこんなところにいるのか。

彼女の後ろから若い女性が駆けてきた。

「実羽さーん！　机の上にネームプレート置きっぱなしでしたよ。これカードキーになってるのに忘れちゃうなんて、実羽さん時々抜けてますよ……ね……？　えっと……」

その女性はみぃの顔を覗き込み、首をかしげた。

「……ありがと。大丈夫だから、先戻っててくれる？」

「わかりましたけど……。本当に大丈夫ですか？」

「平気。知っている人だから」

女性は心配そうにみぃを見てから、去っていく。

みぃの手元にあるネームプレートには「瀬尾実羽」と書かれていた。

みぃはゆっくりと口を開く。

「は、るき……」

彼女は顔をぐしゃりと歪ませながら、晴樹の名前を呼んだ。けれど、それきり口を閉ざしてしまう。

晴樹は掠れた声で聞いた。

「……君は、誰だ？」

「わ、たし……？　私は……」

みぃは唇を震わせて黙り込む。

不意に晴樹のスマホが鳴った。春日井からの電話だ。

無視をしたかったがそういうわけにもいかず、電話に出る。

「何だ？」

『何だじゃないですよ！　もう会議の時間ですよ？　早く会社に戻らないと』

「……わかった。すぐに行く」

春日井に早く戻れと催促される。

時計を見ると、すでに店を出てから十五分ほど経っている。会議のことを考えれば、そろそろ会社に着いていないといけない時間だ。

「みぃ……。悪いが、これから会議だ」

「……、ごめんなさい……っ、ごめんなさい！」

「みぃ！」

みぃは目尻に涙を溜めて走り去った。

追いかけようとした時、春日井からもう一度催促の電話がかかってくる。

「少し待ってろ！」

叩きつけるように怒鳴りつけ、みぃの後を追いかける。けれど、すぐに見失ってしまった。

「くそ……！」

会社が悪いわけでも、春日井が悪いわけでもないが、悪態をつきたくなる。

「最悪だ」

みぃが宮島美麗ではないらしいことが最悪なのか、捕まえられなかったことが最悪なのか、それとも騙されていたことが最悪なのか。

晴樹はしばらく呆然と立ちつくした。

どれくらいそうしていたかわからないが、春日井から三回目の電話が入り、晴樹は会社に戻る。

苛々する気持ちを抑えつけ、会議をこなす。

ともかくみぃに話を聞かなければならない。

その結果、何が起こるかわからなかったが、もう気づかないフリをして目を瞑っていることはできなかった。

その日はさっさと仕事を切り上げ、マンションに戻る。

「みぃ?」

声をかけるも、部屋の中は真っ暗で人の気配はいっさいない。

一気に身体が冷え、急いで彼女の使っていた部屋のドアを開けた。

「……」

そこにあるのは机と布団だけで、開け放されたクローゼットは空だ。

「嘘だろ」

彼女が消えた。

何かないかと探し回り、部屋の隅に小さく畳まれた数枚の洋服を見つける。それは、晴樹が贈った洋服だった。

よく見ると、彼が買い与えたアクセサリーや鞄類は全て残されている。

晴樹は唇を噛みしめ、リビングに向かった。テーブルの上には書き置きが残されている。

晴樹は紙をぐしゃりと握りつぶした。

手紙にはみぃが宮島美麗ではないことと今まで晴樹を騙していたことへの謝罪、そしてこれまで一緒に過ごしたことへの感謝が書かれていた。

末尾に「嫌われたくなくて、どうしても本当のことが言えなかった」という一文が添えられている。

「話をさせてくれ」

晴樹はぽつりと呟いた。

彼女が宮島美麗でないと知ったところで、晴樹の心は何ら変わらなかった。

晴樹にとっては、みぃが美麗であろうとなかろうと、どちらでもよかったのだ。

それに気づいたものの、彼女は消えてしまった。

晴樹は手の中の丸まった紙を見つめ続けた。

第七章　雨降って地固まる

晴樹にバレた。

偶然、ランチに行く途中で晴樹に会ってしまい、実羽が美麗ではないということが彼に知られてしまった。

実羽は何も言うことができず、ただ逃げた。会社に戻って早々に、体調が悪いといって早退させてもらう。

すぐにマンションに戻って自室を片づけ、荷物を実家に送った。忘れ物がないか確認すると、ネイビー色のワンピースが目に入る。

晴樹が実羽のために買ってくれたワンピースだ。

こんな素敵なワンピースを着られるなんて幸せだと思った。実羽はそのワンピースを手に取って、皺になるのも気にせずぎゅっと抱きしめる。

思い出として持っていきたい衝動に駆られるも、これは実羽のものではないのだと自分に言い聞かせて、丁寧に畳む。

そしてリビングに書き置きを残すと、逃げるようにマンションを飛び出した。

誰も追いかけてくるわけがないのに、全力疾走する。

目の縁に溜まった涙が邪魔で仕方がなかった。

しばらくすると息が切れて、走れなくなる。実羽は短く呼吸をしながらゆっくりと歩き出した。

よく考えず、駅に向かって適当に歩いていたのだが、いつのまにか繁華街に出ている。目の前には衣料品店のショーウィンドーがあった。中にはライトアップされ、きらきらと輝くウェディングドレスが飾られている。

「……嘘でも、着たかった……な」

着たら着たで虚しくなることがわかっているのに、そんなことを思う。

綺麗なウェディングドレスを着て、真っ白なタキシードを着る彼の隣に立ちたかった。

あのマンションで共に時間を過ごし、本当の家族になれたのならどれだけ幸せだっただろうか。

まやかしだとわかっていても、縋れる思い出が欲しかった。

本音を言えば、彼との未来が欲しい。

嫌われたくないと怖がって逃げ回り、とうとうこうなってしまった。それでもまだ、傷つきたくないと逃げたのだ。

彼を好きにならなければ、もう少しうまくやれたのに。

彼に嫌われるように振る舞えばよかった。そうでなくても、大人しく部屋の中に引きこもって会話をしなければよかったのだ。

一緒に旅行なんか行かず、親族の食事会は適当なことを言って欠席、相手が困ろうが傷つこうが気にしないようにしなければいけなかった。

いや、傷つけているという意味では今の実羽も変わりはない。

もしかしたら、晴樹が一番傷つく方法でいためつけてしまったかもしれない。

とうとう実羽の目から涙が零れ落ちた。

こんな場所で不幸な顔をして泣いている女なんて傍から見れば痛い。別に他人にどう思われようと気にならないが、加害者が被害者面をするのは卑怯だなと、実羽は自嘲した。

鞄の中からハンカチを出そうと探していると、目の前にアイロンがかけられたハンカチが差し出される。

「え?」

「こんばんは、お嬢さん」

「……あ、の時の」

そこにいたのは、晴樹と旅行に行った時に出会った紳士だった。実羽はハンカチを受け取り、涙をぬぐう。

「すみません」

「いやいや、いいんだよ。泣いているお嬢さんを見かけたのに、ハンカチも出さずにいたら妻に怒られてしまう。それで、どうなさったんだい？　ここで会ったのも何かの縁だ。よかったらこのじじいと話をしませんか？」

目尻の皺(しわ)を深くして笑う男性を見て、実羽は父の姿と重ねた。

小さく頷(うなず)いて、男性の後ろをついていく。

男性は行きつけのおいしい珈琲(コーヒー)店に誘ってくれた。

小さなお店のドアを開くと、カランとドアベルが鳴る。

昔ながらの内装の店内には、スローなテンポのジャズが流れ、ゆったりとした雰囲気がしていた。

「マスター、いつものを二つおくれ」

男性は迷うことなく奥の席に座る。どうやら彼の定位置らしい。

「ああ、お嬢さんごめんね。私のお気に入りを勝手に頼んでしまったけど、よかったかな？」

「はい、私あまり珈琲(コーヒー)に詳しくないので……」

「そうかい。ここのを飲んだら他の店のものなんて飲めなくなってしまうよ」

男性はおどけた顔で言った。

すぐに真っ白なカップに注がれた珈琲が目の前に置かれる。

実羽は砂糖を少し入れて、口をつけた。香りも味も今まで飲んだことがあるものとは段違いに深い。

「おいしい……」

「うんうん。よかったよかった」

男性はにこにこと笑う。

それを見て、実羽は優しさに包まれたような気がした。

男性は話を促すことはしなかったが、実羽はぼそぼそと晴樹の話をする。今まで誰にも話さなかった、話せなかったことを素直に。

「そうかそうか。その相手というのは、あの時一緒にいた男性だね？」

「はい……」

「お嬢さんは彼を好きになったことを後悔している？」

「……そうできたら、よかったと思います」

後悔できればよかった。そうすれば、あれは間違いだったのだと恋心を封印して忘れることができる。

けれど、それは晴樹とのこと全てを否定してしまうことになりそうでいやだった。

「お嬢さんは本物の恋愛をしたんだねぇ。それはお嬢さんにとって大切な糧になるよ」

「糧……ですか」

「私はね、人生において無駄なものなど何もないと思っているんだ。言わば、失恋も人生を彩るために必要なものだと考えてる。それを知らない人間は、恋や愛を失った人を慰めることも労ることもできないからね。今は辛くても、彼と出会えたことがよかったと思える時がきっと来るさ」

彼の言う言葉には、実感が込められているようだった。

「そんなふうに思える日が来るんでしょうか？」

実羽は鼻を啜りながら男性の言葉を考える。

この先、晴樹のような人に出会えるかどうかはわからない。スペックがどうこうではなく、実羽自身が同じくらい好きになれる人がいるかどうかの話だ。

一人で生きていくのに晴樹との思い出が自分を支えてくれるのだろうか。

「と言っても、そんなふうに思えるようになるのには時間がかかる。年寄りの説教なんて聞いても飽きるだけだろう」

「いえ……。私にはまだ理解できませんが、心に留めておきます」

「そうかね。ただ、お嬢さん。君はちゃんと問題と向き合ったのかい？　君はまだ誰とも正面からぶつかっていないように見えるよ。経験を支えにするためには、きちんと向き合わなければ」

「……はい」

「さて、珈琲も飲み終わったことだし、私はそろそろ行かなくては。妻と待ち合わせをしているのでね。お嬢さんは、しばらくゆっくりしていくといい」

男性は静かに席を立った。実羽は珈琲に映る自分の顔を見つめる。

誰とも向き合えていないとはどういう意味なのか。

晴樹と向き合っていないというのならわかる。確かに実羽は晴樹と向き合わずに逃げてしまった。いや、逃げている最中だ。

けれども他に誰がいるのだろうか。

「……伯父さん？」

あの人たちと向き合うほどの何かがあるとは実羽には思えなかった。伯父はただの取引相手にすぎない。

（ああ、だけどその取引すら、もう叶わない）

冷めてしまった珈琲を飲み干し、実羽は店を出た。会計はすでに支払われている。

男性の優しさに実羽の心が少し温かくなった。

久しぶりに実家に戻り、この先のことを考える。

晴樹に会う勇気はまだないが、いずれにしても、まず伯父に連絡しなければならない。

そろそろ約束の三ヶ月だったとはいえ、バレてしまったことを伝えれば、約束は白紙となるだろう。もしかしたら、父の絵は破り捨てられるかもしれない。

泣きそうになるのを堪（こら）えながら、窓を開けて換気を始めた。

遺影（いえい）を元の場所に戻し、線香を焚（た）く。

「……ごめんなさい。絵を取り返せない」

三人に向かって手を合わせた。

実羽は絵を選ぶことも晴樹を選ぶこともできなかった。そして結局、どちらも失う。

しばらくぼんやりと過ごしていたところ、不意にお腹が小さく鳴った。

こんな時でもお腹は減るものなのだなと、笑いが込み上げる。冷蔵庫を開けるがあたりまえのように中には何も入っていなかった。

実羽は財布を手に取ってコンビニに向かう。

途中、この気持ちを相談したくて、友人に連絡を入れることにした。

次の休日、実羽は香代との食事に出かけた。

駅に着くと、ちょうど彼女も来たばかりのようで、こちらに走り寄ってくる。

「ねー、実羽、何食べたい？」

「香代は？　私、中華以外なら何でもいける」

「なら、ファッションビルの上のパスタ店にしよう」

いつもの明るいノリに実羽はホッとする。

香代と共にパスタ店に行き、実羽は怒られるのを覚悟で今回のことを話した。

何も知らない相手に話をするのは二度目だ。実羽は今度は感情的にならず、要点を纏（まと）めて話せた気がした。

「なるほどなぁ。私も説教してやりたいけど、そのおじーちゃんに諭（さと）されたみたいだから何も言わないよ。んー、それにしても、向き合う相手ねぇ」

香代は真剣に考え始めてしまった。

「それってさぁ……、自分自身なんじゃないの？」

「え？」

「実羽さ。自分と向き合ったって言える？」

香代の言葉はすとんと実羽の心に落ちた。それが正解なのかどうかわからないが、確かに実羽は自分自身と向き合ってはいない。

伯父のことも晴樹のことも、ぐずぐずと結論を延ばした挙げ句、流されただけだ。

「……私は、自分がないのかな」

「はあ、何でそこで極端な発想にいくのかなぁ。そもそも自分があるって何？　たとえ誰かの意見に流されたとしても、流されることを決めたのはその人自身なんじゃないの？　そんな青臭いこと言って逃げてないで、真剣に向き合って決着をつけなさい」

「うぐっ……。香代、きっつい……」

「私ぐらいしかきついこと言ってあげられる人いないじゃない」

香代はため息をついて白ワインを傾ける。

実羽の周りにはもう説教してくれる人はいなくなってしまった。だから、目の前にいる友人は貴重な存在だ。

それに香代の言う通り、二十代後半にもなって、自分がないから流されたという考えは、逃避以外の何ものでもない。

「私さあ、青い鳥は自分で探さなきゃ見つからないって思ってるんだ」

「青い鳥かぁ。幸せはすぐ傍にあるっていうやつね」

香代の言葉を聞きながら、実羽にとっての青い鳥は晴樹なのではないかと思った。

真っ直ぐに香代の顔を見つめ、きっぱりと宣言する。

「家帰って、考えてみる」

「そうしなよ。どうしようもなくなったら、電話ぐらいなら出なくもないからさ」

香代は笑ってくれた。

実羽は少し軽くなった心で家に戻る。

ごろりと自分のベッドに寝転がり、今までのことを考えた。

「私はどうすればよかったのかなー。少なくとも逃げるべきじゃなかったってことだよね。何せ、パニクって勢いで帰ってきちゃったから……」

晴樹は私がいないことをどう思っただろうか。

晴樹の気持ちはわからないが、実羽の彼への想いは本物だ。勘違いではない。

寂しい時に一緒にいたからかもしれないが、実羽は晴樹の存在に救われていたのだ。

喧嘩もたくさんしたし、価値観も生活習慣も合わない。

それでも一緒にいると楽しくて、幸せだと思ったのだ。

それに、離れているとこんなに寂しい。

実羽は、誰かを好きになって泣いたことなど人生で初めてだった。

結局実羽はその夜、一睡もできず、次の日会社に向かうことになった。

もしかしたら晴樹が探しにくるのではないかと思い、なるべく会社の外をうろつかないようにしているが、彼からの接触は一切ない。

代わりに伯父から電話があった。

寝不足で痛む頭で電話を取ると、いきなり『美麗が見つかったので約束どおりお前は晴樹のマンションを出ろ』と言われる。

事の顛末を説明しようと口を開きかけるが、全く話を聞いてもらえなかった。

絵の話もできず、一方的に電話を切られる。その後電話をかけ直したが、一度も出てはくれなかった。

仕方なく、松崎に電話をすると『忙しいので後日にしてください』と、苛立(いらだ)った口調で言われる。

実羽はさすがにムッときた。

不思議なことに晴樹はいまだに伯父夫婦に何も言っていないらしい。

もしかしたらこれはチャンスなのかもしれないと思った。

晴樹に嫌われるのが怖かったたし、父の絵のことを考えると何も言えなくて今まで黙っていたが、ここまできたら遠慮しても意味がない。

それに松崎が何を考えているのかも知りたかった。

実羽は意を決して会社を出ると、伯父の家に向かう。

気分は戦場に向かう兵士だ。

伯父の家のチャイムを鳴らすと家政婦が応答した。

『どちら様でしょうか？』

「瀬尾実羽です。お話があってまいりました」

『……現在、旦那様はお忙しく……』

「伯父に伝えてくれます？　今すぐ出てこないなら全部大倉の家にバラすって」

実羽自身にとっても都合が悪いことだが、どちらにせよ晴樹にはバレているのだ。実羽は強気に出た。

家政婦は『少々お待ちください』といってインターホンを切る。

しばらくすると松崎が出てきた。

実羽をじっと見つめて、小さくため息をつく。

「なぜこちらからの連絡を待っていなかったんですか？」

「私のことは私が決めるの。知らない間に勝手に終わらせるなんて許せない」

「しょうがない人ですね」

松崎が呆れたような顔をして、実羽を中へ通してくれた。

実羽は堂々と伯父夫婦がいるという部屋に向かう。

思い切って扉を開けると、中央に実羽と同じ髪型をした女性がいた。

美麗だ。

どうやら親子喧嘩をしていたらしく、美麗は伯父を睨みつけ、伯父の顔も怒りで真っ赤になっている。

実羽は一瞬驚いて、出直そうかと思った。けれど、伯父に話をつけるのはいつでも変わらないだろうと考え直す。

美麗がこちらを振り返り、怪訝な顔をする。

「あなたもしかして、実羽さん？　ここに乗り込んでくるなんて、勇気があるのね。それとも何か用かしら？　もしかして、報酬を受け取りにきたの？」

「あなたには関係のないことだわ。用があるのはあなたのお父様だから」

初めて会う従妹(いとこ)はとても綺麗だった。写真で見て知っていたはずなのに、実際に本人を前にすると圧倒される。

美麗は実羽から目を逸(そ)らすとソファにどさりと座った。代わりに伯父が疲れた顔で口を開く。

「何しに来た」

「何って……、こちらが聞きたいことよ。いくら美麗さんが見つかったからといって急に連絡を絶つなんてどういうことなんです？　父の絵はどうなっているの？　私はあの絵のために今回のことを引き受けたの」

「あの絵は消えた」

「……はあ!?」

実羽は驚きで声を漏らす。

今さら貰えるとは思っていなかったが、絵が消えたとはどういうことなのか。

思わず松崎を見る。彼は小さく息を吐いて、理解できないことを言い出した。

「先日保管してあった場所から消えてしまいまして、どうやら盗難にあったようです」

「な、にそれ……。だったら私は何のために……」

実羽は怒りで身体が熱くなってくるのを感じた。

「どうして盗難になんかあうの？　それほどこの家のセキュリティはずさんってこと？　そもそも何であの絵が盗まれるのよ？」

「それはこちらでもわかりません」

松崎は淡々と答える。実羽は彼を睨みつけた。なくなったのなら仕方がないなどと、言えるわけがない。わなわなと身体を震わせていると、目の前が翳る。美麗が目の前に立っていた。

「……何？」

「少し付き合ってもらえるかしら？」

美麗は実羽の腕を取り、家の外に連れ出した。なぜか松崎もついてくる。門の前で足を止めると、美麗はようやく口を開いた。

「今日は帰ってちょうだい」

妖艶に微笑まれ、実羽はさらにカッとなった。

「私は、まだあいつらに言いたいことがある」

文句をつけたところで絵が戻ってこないことはわかっているし、そもそも約束を果たせなかったという弱みがある。それでも罵詈雑言の一つでも浴びせてやらないと気がすまない。

けれど、美麗は引かなかった。

「あなたの気持ちはわかるけど、今は邪魔されたくないの」

「美麗様」

松崎が割って入ろうとするのを、美麗は手で制す。

「……ごめんなさい。言い方が悪かったわね。実羽さん、こちらにも考えがあるの。あなただって私たちに隠していることがあるでしょ。しばらく待ってちょうだい。悪いようにはしないわ」

「意味がわからない……。あの絵がなくなった時点で、これ以上ないくらい悪いことになってるわよ！」

怒鳴りつけると、美麗は困った顔になり、松崎の腕を引っ張った。

「絵の件も含めて……と、いうことです。今はこれ以上のことをお答えできませんので、今日のところはお引き取りください。落ち着きましたら必ずご連絡いたします」

松崎は頭を下げると、美麗を連れて家の中に戻ってしまった。

実羽は身体中の血が沸騰するような怒りをいまだに鎮静化できず、顔を覆って唸り声を上げる。

再びインターホンを押すものの、誰も出てこず、自宅に戻ることにした。

帰り道を歩きながら、美麗と松崎が言っていたことを思い出す。

彼らの言葉は不可思議で、よく考えても理解できなかった。

けれど、実羽には待つことしかできない。

ぐっと歯を食いしばって顔を上げた。

伯父の家に突撃した日から、数日経っても松崎からの連絡は来なかった。

実羽はじりじりしながら、祖母の部屋にある細かいものを片づけていく。

「はあ、なかなか片づかない」

苛々(いらいら)とした気持ちはいまだに治まらなかった。

伯父との対決はある意味不発に終わり、自分の気持ちに決着がつかない。

ここ数日は眠れない日々を過ごしている。

まずは目の前のことを、と祖母の遺品の片づけを始めてみたものの、それもはかどらなかった。

実羽はため息をつく。

「簡単に片づくわけもないけどさ」

祖母は何十年もここで生きてきたのだから、一日や二日で全てが片づくわけがない。

晴樹のマンションで暮らしていたころも何度か戻ってきては片づけていたが、机の中の細かいところまでは手が届いていなかった。

引き出しの中には祖母の思い出が詰まっている。レトロなおもちゃや折鶴、他にも昔の切手などいろいろなものが出てきた。

捨てるのに忍びない綺麗なものは仏壇に飾ろう。

そう決めて、それ以外のものをゴミ袋に入れる。

しばらくして、実羽は便箋が入るぐらいの大きさの箱を見つけた。開けると手紙が何通か入っている。中を読むのは憚られ、実羽はそれもゴミ袋に入れていく。

「……あれ？」

途中、一緒に入っていた作文用紙が気になり、実羽はそれだけを寄り分けた。

「え、これ私の作文？」

小学生のころに書いたようで、文字は汚く読みにくい。タイトルは〝私の将来の夢〟となっていた。

実羽はそれをゆっくりと目で追っていく。

「私の夢は、両親のように素敵な人に出会って結婚をすることです……か、そっか……私の夢はこれだったね」

すっかり忘れていた。実羽は幼いころから両親が大好きで、彼らのように素敵な結婚をして大好きな旦那様と一緒に暮らすのが夢だったのだ。

実羽にとって一番大切なのは、大好きな人と共に生きるということだった。そんなことを今さら思い出して、笑いたくなる。

何よりも優先すべきは晴樹だった。

たとえ嫌われ軽蔑されようと、自分の口できちんと本当のことを話さなければならなかったのだ。それなのに、身勝手な自分は逃げ出し、隠れてしまった。

伯父に会いに行っている場合ではないのだ。会うべきは晴樹だ。

実羽は晴樹に会いにいこうと決心した。

こうなってからでは、話すら聞いてもらえないかもしれない。だからと言ってこれ以上逃げるわけにはいかなかった。

急いで手を動かし、片づけの続きをする。

手にしていた作文はもう一度箱にしまい仏壇の前に置く。

「次の土曜に晴樹に会おう」

口に出して言ってみる。

来週の土曜は両親の命日のため、墓参りにいく。その帰りに晴樹と会おう。そう決めた途端に、心に重くのしかかっていた後悔が消えた。

土曜日。実羽は朝から喪服を着て、両親と祖母が眠るお墓を訪れた。

念入りに掃除し、花を生け、線香を焚く。

それが終わると、静かに両手を合わせた。

「これから、会いに行こうと思うの。許してもらえなくて当たり前だし、自己満足にしかならないけど、きちんと向き合おうと思う。多分……うぅん、絶対心配かけてたよね。ごめんね」

実羽は笑顔を作って、立ち上がる。

その時、後ろから足音が聞こえた。誰かいるのかと思いながら振り返る。

「……え？」

「ちょっと横にずれろ」

「え、あ、はい……、いやいや、はあ⁉」

目の前に立っていたのは、晴樹だった。相変わらず綺麗だけれど、こころなしか少し痩(や)せたように見える。

実羽は驚きで何も考えられず、言われるがままに横にずれた。

晴樹は実羽の隣にしゃがみ、墓に花を供(そな)えて手を合わせる。

なぜ晴樹がここにいるのか実羽には見当もつかないが、久しぶりに見た彼の姿に目頭が熱くなった。

実羽は晴樹から一歩離れる。泣いている姿をあまり見られたくはない。

「……初めまして、大倉晴樹と申します。ご挨拶が遅くなりまして申し訳ございません。ようやくここに伺えたことを嬉しく思います」

「あの……？」

晴樹はなぜか実羽の両親と祖母に挨拶を始めた。

実羽が声をかけても、無視して続ける。

「いろいろとありましたが、一段落がつきましたので、娘さんを迎えにまいりました。どうか、あなた方の大切な娘さんを俺にください」

晴樹は挨拶を終えると立ち上がり、実羽の前にやってくる。

「この馬鹿。行動するなら相談ぐらいしてからにしろ！　どれだけ捜し回ったと思ってるんだ！」

「な、何よ！　ていうか、さっきの殊勝な態度はどこに行ったのよ！　突然現れて、馬鹿ってどういうわけ!?」

「馬鹿に馬鹿って言ってるんだよ！」

「うっさいな！　馬鹿なのは、わかってるわよ……。どうせ、私は馬鹿でまぬけであなたに嘘をつき続けて逃げるような卑怯者よ……！」

「何もそこまでは言ってないだろ」

晴樹は呆れて、実羽を強く抱きしめた。優しく頭を撫でながら囁く。

「心配したんだ」

「……っ！　ごめ、ごめん……、ごめんなさいっ……！」

実羽も晴樹の背に手を回し、強く抱きしめ返した。

彼の香りが全身を包み、安堵を覚える。

どうしてこの人を手放せると思ったのだろうか。こんなに自分を求めてくれる人が他にいるわけがないのに。

「いいよ。もう、怒ってない」

「だけど、私何も説明してないし、何も伝えられてないよ……」

「そうだな。俺もお前に説明しないといけないことがある」

晴樹が言葉を切って、実羽の身体を離す。

そして涙でぐしゃぐしゃになった顔をぬぐった後で、両手を握りしめてくれた。

「瀬尾実羽さん。初めまして」

「……はじ、めまして……？」

実羽は当惑して、鸚鵡返しに呟いた。

けれど晴樹は大真面目な顔で続ける。

「突然ですが、俺と結婚してください」

実羽の呼吸が止まった。

晴樹の優しい顔が霞んでよく見えない。

あんなひどい嘘をついて傷つけた自分を晴樹は許してくれるのか。

言葉がうまく出てこなくて、実羽は何度も頷いた。

「よし。なら、とりあえず帰るぞ」

「か、帰るって？」

「マンションに決まってるだろうが」

逃げられないためにか、がっちりと手首を握られ、引っ張られた。

実羽は両親たちと別れて晴樹についていく。

近くの駐車場には晴樹の車と春日井が待っていた。春日井は二人を見て安心したように笑い、車のドアを開けてくれる。

後部座席に押し込まれ、すぐに晴樹も隣に乗り込んだ。

春日井が車を発進させる。

「はー、よかったー！　俺、社長が振られちゃうんじゃないかと……」

「五月蝿い、運転に集中しろ」

春日井が嬉しそうに話したが、晴樹はそれを途中で遮る。ふんっと不機嫌そうにしながら、脚を組み、実羽の腰を掴んだ。

晴樹に触れるとむず痒い気持ちになるので、実羽は少し離れてほしかった。けれど、ちょっとでも身体をずらすとその分距離を縮められる。

誰かに助けてもらいたいがそれが無理なのはわかっているし、本当に助けられても困ってしまう。

諦めて実羽は晴樹の肩に頭を載せた。

一時間後、晴樹のマンションに着く。

このマンションを出てからそれほど経っていないはずなのに、実羽は懐かしさを感じた。

晴樹に連れられるままにマンションに入り、玄関の扉が閉まった瞬間、身体が宙に浮く。

実羽は晴樹に抱き上げられていた。

「ひぁっ!?　ちょ、ちょっ、晴樹!?」

慌てて彼の首に腕を回してしがみつく。

晴樹は何も言わずにずんずんと歩き、自分のベッドの上に実羽を落とした。

実羽の足から靴が片方脱げ、部屋の隅に転がる。

ベッドはやわらかいため痛くはないが、晴樹の態度に困惑する。

「後ろ向け」

「え？　え？」

実羽はわけがわからないまま、うつ伏せになり晴樹に背中を向けた。すると、背中のファスナーを一気に下ろされる。履いたままになっていたもう片方のパンプスは脱がされ、放り投げられた。

振り向くと晴樹と目が合う。

彼の目は鋭く怖かった。

実羽は視線を彷徨わせる。

晴樹は実羽の喪服を手早く脱がせ、ストッキングと下着を剥ぎ取ろうとする。

「そ、早急すぎでは……ない、でしょうか……」

「我慢できない。お前を感じさせてくれ」

晴樹は切羽詰まったような声を出した。

実羽は拒絶できなくなった。実羽だって、ずっと晴樹と触れ合いたいと思っていたのだ。

抗うのをやめて、身を任せる。

枕に顔を埋めると、パサっと衣擦れの音が聞こえた。

ほどなく晴樹が実羽に覆いかぶさり、首筋や背中にちゅっちゅっと口づけされる。

彼は唇を下へ這わせ、実羽の臀部をぐにぐにと揉んだ。

実羽は自分がシャワーを浴びていないことに気づいた。熱くなっていた身体が、すーっと冷える。

「だ、だ、駄目！」

「何だよ？　暴れるなよ」

「だって、駄目だよ！　私ずっと喪服で外にいたんだもの、汗かいてる。臭いし、こんな身体でしたくない」

「俺はお前のにおいがたまらないし、今から汗かくんだから関係ないだろ。ってことで、続行だ。これ以上焦らすなら、生のまま挿れるからな」

実羽はシャワーを諦めた。本当は汗臭いからいやなのだが、彼がそこまで言うなら仕方ない。

実羽が大人しくなると、晴樹は満足そうに頷いた。全身を確認するように触れていく。甘くやわらかな愛撫だ。

全身を隈なく舌で辿られ、赤い痕をつけられる。

それだけで実羽は蕩けてしまいそうになった。

身体の力を抜くと、晴樹の両手が腰に添えられ、ぐっと上げられる。実羽は膝をベッドにつき、猫がのびをしているような体勢にさせられた。

「お前から甘いにおいがする」

「え……？」

「甘ったるくて、美味そうなにおい」

晴樹はすんすんと鼻を鳴らしながら、臀部に口づける。そうして秘所に舌を這わせた。

実羽は思わず腰を引こうとしたが、がっちりと掴まれ動かすことができない。

「ここからだな」

「ちょ、んっ……！」

ねっとりと愛液が滴るそこに、再び晴樹の唇が触れる。

実羽の腰がびくんと跳ねた。

晴樹は楽しそうに笑う。その息が秘所にかかり、実羽は背筋がぞくりとした。

熱い舌が媚肉をかき分けて、ぬぷりと蜜孔に入り込む。ぷっくりと膨れた花芯を舌でぬるぬると舐め回され、快感が迫り上がってきた。

「んぁ……あぁっ」

媚肉を左右に押し広げられると愛液が零れ落ちる。きっとシーツに染みを作っているだろう。

実羽の口から嬌声が上がる。

晴樹はじゅぷじゅぷと粘着質な音をわざとらしく立てながら指で膣壁を擦った。口を寄せて零れる愛液を飲み込んでいる。

「噎せ返りそうな甘いにおいだな」

「ば、かっ……！」

そんなところから甘い香りがするわけない。

「とりあえず、一回イッておくか」

晴樹はそう言うと、指を数本ぐちゅぐちゅと膣内に入れた。唇で花芯を挟み、甘噛みする。すると実羽は大きく身体を跳ねさせ達した。

「あぁあああっ！」

ずるりと腰がベッドに沈む。

荒い息をどうにか整えていると、身体をぐるりと回転させられた。すぐに晴樹が覆いかぶさり、唇に吸いつく。

ぬるついた舌が口腔を舐め、絡まり合った。晴樹の舌が何度も入り込んでは中を貪る。

晴樹の汗が実羽の肌にぽたりと落ちた。熱い素肌を重ねると、二人の肌が混ざっていくような錯覚を抱く。

最後に音を立てて口づけをし、晴樹の唇が離れていった。実羽は物寂しさを覚える。

晴樹は実羽の頬を撫でながら、耳朶を吸った。耳穴にまで舌を入れられ、脳髄まで犯される。

舐められていない場所なんてないと思うほどに舐めしゃぶられ、身体がふやけそうだ。

実羽はぐったりと身体の力を抜いた。

今までの彼との行為を思い出し、ひょっとして彼はあれでも手加減をしてくれていたのかもしれないと感じる。

箱買いしていた避妊具が頭に浮かび、実羽は少し怖くなった。

晴樹は一度実羽を離し、ベッドから立ち上がる。

けれどすぐに戻ってきて、実羽を横向きに寝そべらせると、背中から抱きつくように寝転んだ。振り返ると、彼は艶やかな笑みを浮かべながら口でガサリと避妊具の袋を破いている。

実羽の下腹部が期待できゅんと疼いた。

欲望で膨れ上がった晴樹のそれがぐりぐりと臀部の割れ目に擦りつけられる。

晴樹は実羽の片脚を持ち上げ、卑猥な音を何度も立てながらゆっくりと亀頭の先端を蜜口に挿入した。浅い部分でぬぷぬぷと抽挿する。

早く一番奥を抉ってほしいという思いと、いつまでも浅い部分を細かく刺激されたいという思いが鬩ぎ合う。

晴樹は実羽の胸をくにくにと揉み、汗で髪の毛が貼りついた首筋を舐める。

ぬぷりと奥に挿入された彼の肉茎で、膣内がいっぱいになった。

「んんっ、も、何か……」

「どうした？」

「のぼせそう、汗がぬるつくし、凄く厭らしい」

「汗だくで求め合うっていうのもいいよな。こうしていると、お前のにおいが濃くなっていくのがわかる」

「そんなに嗅がないでよ」

実羽がいやそうな顔をするのが楽しいのか、晴樹は膣奥に肉茎を押し込んだまま、腕を持ち上げた。

「え？」

そして、においが一段と濃くなるそこに鼻先をつける。

「ひぁっ、腋は！　腋は勘弁してください！」

「無理」

晴樹が艶かしく笑い、そこを舌でねっとりと舐め上げた。

ぺろぺろと舐め回してから、ちゅうっと吸い上げる。それどころか、かぷっと甘噛みまでされた。

「ひぁ、ああん」

「実羽の身体ってどこもかしこも敏感だよな。胸をちょっと触れば乳首がもっと弄ってほしいって主張してくるし、敏感な部分を擦ってやると腰が跳ねる」

晴樹の手は秘所に伸び、敏感なそこの花芯をぐりぐりと押しつぶした。

意識が途切れ、全身が喜悦で戦慄く。

不意にぐっと肩を押され、うつ伏せにさせられた。

一瞬、熱棒がぬるりと抜けたものの、すぐに挿入される。

晴樹は背中から覆いかぶさり、ゆっくりと動き出した。

彼の重みで身動きができなくなり、実羽の興奮が増す。密着しすぎて暑苦しいのに、その熱がこんなに気持ちいいなんて知らなかった。

実羽の腰がゆるゆると動く。

激しかった動きは、いつしかお互いをじっくりと味わおうとするものに変わっていった。

快楽がゆっくりと押し寄せ、甘い声が実羽の口から漏れる。

「あ、あ、あぁ、んっ……。……いっちゃいそう」

「ん、いいよ」

ちゅっと頰に口づけを落とされ、ぐりぐりと膣壁を擦り上げられた。実羽の両脚は無意識に上がり、絶頂を迎える。

「あ、ぁあああっ」

「くっ……、あんまり締めつけるな、よ……！」

実羽の膣壁の動きに晴樹の屹立がびくりと震え、薄い膜越しに達したのがわかった。

晴樹は実羽に覆いかぶさったまま動かなくなった。体重をかけられているわけではないので、苦しくはない。

実羽は晴樹の体温に幸せを感じた。

しばらくその状態で息をついていると、晴樹が囁く。

「抜くぞ」

「んっ……！」

敏感な膣壁から少し萎えたそれが抜かれた。それだけで、実羽の肌がぞわりとあわ立つ。

晴樹は避妊具の処理を済ませた後、実羽の横に寝転び優しく頭を撫でてくれた。

実羽はそっと彼の名を呼ぶ。

「晴樹」

「何だ？」

「名前、呼んで」

「……実羽」

その瞬間、実羽の目から涙がぼろりと零れた。頬から流れ落ち、シーツに沈む。

実羽は嬉しさに口をほころばせながら、ぼろぼろと泣いた。

「あーぁ、名前呼んだだけでこんなに泣くなんて、お前は可愛いな」

「うっしゃい……」

「呂律も回ってないし」

晴樹は実羽を強く抱きしめてくれる。その背に腕を回し汗で湿る胸に顔を埋めながら、実羽は泣いた。

彼の体温に、また傍にいられるんだという実感が湧いてくる。

そのまま眠ってしまったようで、気がついたのは深夜近かった。

「……寝てた？」

一言ぼそりと呟き、上半身を起こした。腰に晴樹の腕が巻きついている。実羽はそっと、その腕を外した。

あれだけ泣いたからか、喉がカラカラで痛い。

ベッドを下りて晴樹のクローゼットからTシャツを借りた。

冷蔵庫に入っていた冷たい水で喉を潤す。

人心地着くと汗まみれの身体が気になり、そのまま風呂場へ向かう。

鏡に映る自分の顔は、憑き物が落ちたようにさっぱりとしていた。心なしか肌の調子もいいように思える。

実羽がTシャツの裾に手をかけた時、脱衣所の扉が開いた。

驚いて深夜だというのに「ぎゃぁっ!?」と可愛らしくない声を漏らす。

「ここにいたのか」

現れたのは晴樹だった。

「びっ、びっくりした……。汗かいたから、シャワー浴びようと思って」

「そうか……。実羽、そこに腰かけてみな」

晴樹は艶かしく笑う。

「へ？　ここ？」

実羽は首をかしげながら、言われた通りに洗面台の広い縁に腰かけた。すぐに、晴樹がシンクについた実羽の手に自分のを重ねてくる。

晴樹が下から実羽を覗き込んだ。じっと見つめ返すと、掬い上げるように口づけられる。

優しく、やわらかい口づけに実羽の身体が喜悦で満たされた。

抱きしめ合い、何度も口づけを交わす。実羽は晴樹の首に両腕を回し、その身体に両脚を絡ませた。晴樹の手がTシャツの裾から侵入して、背中を撫でる。

今すぐに彼が欲しいと実羽の下腹部が疼いた。

ごつっとした男らしい指が胸に回され、双球をふにふにと揉まれる。その刺激で頂がだんだんと尖ると、指と指の間に挟まれ擦られた。

実羽の背筋がびくんと跳ねる。

片方の手が下腹部に伸ばされ、隠れている花芯をぐりぐりと押しつぶされた。

「んあ、あ、……っ！」

実羽は晴樹に強く抱きつきながら甘い息を吐いて、軽く達する。

この数時間で何度達したのか、もうわからなかった。

彼の指がぐちゅっと膣奥に挿れられ、卑猥な音が響く。

晴樹は実羽を愛撫しながら、洗面台の棚に手を伸ばし避妊具を取り出した。

実羽は目を見開いた。

「何でそんなところに？」

「お前がいた時の名残。言ったろ。いろんなところに置いたって」

「ハウスキーパーさんに見られたら最高に恥ずかしいじゃん！」

「俺は気にならん」

実羽は「馬鹿」と呟いた。けれど晴樹は全く気にしておらず、さっさと欲望で大きく膨らんだ屹立に避妊具をつける。

明るい場所で見るそれは、相変わらずの大きさで、びくりと跳ねていた。

じゅぷっと太いそれが膣内を圧迫し、最奥を穿たれる。ぐっと両脚を広げて持ち上げられ、実羽の身体が宙に浮く。

「ひあぁあっ、んんっ、あ、あぁあ」

いつもと当たる場所が変わり、新鮮な刺激に実羽の口から嬌声が漏れた。

身体が浮く感覚が怖くて、思わず晴樹の首に必死に抱きつく。

壁に押しつけられ、下からがつがつと最奥を抉られると、実羽の目尻に涙が溜まった。

ただ無心で喘ぎ、与えられる愉悦を受け止める。

不意に晴樹が妖艶な笑みを浮かべた。

「前、見てみ」

「……なっ！」

言われた通り視線を上げると目の前には鏡がある。

そこには、顔を真っ赤に上気させて目を潤ませた、歪んだ表情の自分の顔が映っていた。

実羽は晴樹の首筋をがぶっと噛む。

「ぐっ……、いって」

「ぶっさいくな、顔、見せないで」

「は？　どこが、ぶさいくなんだよ？　すげぇ色っぽくて、煽られんのに」

晴樹の声はどこまでも甘い。

実羽の背中にぞくりとしたものが走り、無意識に膣内を締めつけた。

じゅぷっと音を立てながら、何度も肉茎が抽挿される。

「ん、ん、あぁ、あうっ……、んぁあああ！」

最奥を抉られた瞬間、何かが駆け上がり脳髄が焼けて弾けた。

全身の力が抜け、実羽は晴樹に寄りかかった。彼が慌てて、実羽を洗面台に腰かけさせてくれる。

そして、晴樹の動きは自分が達するためのものに切り替わった。

実羽を強く抱きしめながら何度も口づけ、最奥をぐりぐりと穿つ。

最後にぐっと深く入り込ませ、晴樹も達する。

実羽はお腹の奥で感じられたものがたまらなく愛おしく思えた。

「はっ……、風呂入るか」

晴樹は笑いながら肉茎を引き抜いた。実羽は小さく頷いて、風呂場に移動する。

一緒にシャワーを浴びて汗を流す。実羽は疲れてしまっているので、彼に綺麗にしてもらった。

風呂から上がると、互いの髪の毛を乾かし合う。

しばらくすると、晴樹が真剣な顔で実羽に向き合った。

「話、するか」

「うん」

リビングのソファに座り、互いの顔を見る。

晴樹と向き合おう——そう決めていた実羽ではあるが、何をどうやって話せばいいのかわからない。それに晴樹にいったい何があったのかも。

ただ、もう絶対に嘘はつかないと決めて晴樹が口を開くのを黙って待った。

「どこから話せばいいのか……」

晴樹が頭を軽くかきながら、ゆっくりと説明し始めた。

＊＊＊

「本当のことを言うと、前から違和感はあったんだ。だけど、宮島美麗が誰かと入れ替わるなんて意味があるとは思えなくて、ずっと気のせいだと思ってた。お前との生活が想像していたよりずっと楽しくて、認めたくなかったということもあるのかもしれない。だけど、実羽に外で会ったあの日、今まで俺の中にあった疑問の答えが見つかったような気がした。だから、すぐに話し合いたいと思っていたんだ。けど、帰ってみたらお前はすでにいなかった」

晴樹は恨みがましそうな声で言う。

実羽の行動はやはり晴樹を傷つけていたのだろう。

それを申し訳なく思うと同時に、実羽はほんの少し嬉しくなる。

それだけ晴樹が実羽のことを想ってくれている証拠だ。好きな男に想われて喜ばない女はいない。

思わず口の端を上げると、晴樹に軽く睨まれた。

「お前がいないとわかってすぐに、何か残されてないかと家中を探した。まあ、何も残ってはいなかったけどな。よく考えたらそもそもお前、ほとんどこの家に持ち込んでないんだよな」

「そうだね。ここで暮らすのは最長三ヶ月と言われていたから、必要最低限のものしか持ってこなかったんだ」

残していったのは全て晴樹から貰ったものだ。本来の実羽の持ちものではない。そこから実羽に辿りつくのは無理がある。

けれど、だとしたら彼はどこから実羽の素性を知ったのだろうか。

「実羽と会ったあの辺りの会社も調べてはみたんだが、雲を掴むような話で全く成果はなかったよ。時間をつくっては歩いてみたんだ。もしかしたらもう一度会えるかもしれないと思って」

「……ごめん。私はもしかしたら晴樹と会うかもしれないと思って、しばらくはなるべく外を出歩かないようにしてたの。通勤も人ごみに紛れるようにして……」

「俺は、たった一人の人間も捜し出せないぐらいに、無力なんだと思い知らされたよ」

晴樹は笑う。その顔は確かに疲労の痕があった。

実羽は晴樹の手を握って謝る。

「ごめんなさい……。けれど、だったらどうやって？」

会社からではないのだとしたら、どこから自分の素性を知ったのだと、実羽が視線で尋ねると、晴樹は押し黙った。

「晴樹？」

「……すまん。実は前から、宮島美麗の血縁関係者を調べさせていたんだ」

「身辺調査っていうこと？」

晴樹は苦しそうに眉間に皺を寄せて頷く。

彼が好きでそれをしたのではないとわかる。実羽は晴樹の手を優しく撫でた。

「謝ることはないよ。私はそうされるだけのことをしていたわけだし、文句を言うつもりはない。それに、どっちかっていうと嬉しいかな」

「嬉しい？」

「うん。あのころさ、ずっと苦しくて〝私は美麗じゃない〟っていう気持ちが大きかったの。だから、美麗じゃないって気がついてくれて嬉しい」

晴樹は最初から実羽を特定して探っていたわけではないのだろうが、それでも美麗ではなく実羽という人間を捜してくれたことに喜びを感じる。

「そう言ってもらえると助かるが、それでも悪かったな。で、その調査で、宮島美麗に従姉がいることがわかったんだ。それで……、俺は実羽の生い立ちを知った」

晴樹は言いにくそうに顔を伏せる。

「俺と会ったのは、お前が最後の家族を亡くした時だったんだな」

「……うん、そう」

晴樹は顔を上げて、痛ましそうな表情で実羽を見た。

「宮島の人間がどうしても身代わりを必要として、お前を引っ張り出したんだろうということは推測できたが、お前がどうしてこんなことをしたのかはわからなかった。だから、嫌われてはいないと確信していたし、お前の居場所はわかっていたが、いろいろなことを済ませてからでないと迎えに行けないと思って……。時間がかかって、悪かったな」

実羽は勢いよく首を横に振った。晴樹が悪いわけがない。そもそもは実羽自身がどうにかしないといけない問題だった。

晴樹は今日まで宮島家と美麗のことを調べていたようだ。

「そこで一つ面白いことがわかったんだ」

「面白いこと？」

「お前を俺のところまで連れてきた男——宮島の秘書の松崎なんだが……、あいつは宮島美麗と交際している」

「ふぅん、交際か——……？　ん？　交際？　え、えぇぇぇぇっ!?」

予想外の言葉に実羽は一瞬理解できず、一拍置いてから驚く。

まさかそんなことになっているとは思ってもいなかった。

「驚くのもわかるが、話を進めるぞ」

「え、あ、はい……。どうぞ」

「俺は松崎に会うことにしたんだ。あいつを呼び出して、話をした。宮島美麗はずっと松崎の家にいたようだ」

「そ、っか……。なるほどなー」

そう言われると、実羽には思い当たる節があった。

まず、実羽が晴樹のマンションに案内された日に手渡された紙袋の中身だ。

カラフルなマカロンと有名ブランドの口紅。

松崎が選ぶとは考えられないあの贈り物は美麗が選んだのだろう。

「ということは、松崎さんは最初から美麗の居場所なんか捜してなかったのか……。どうりでなかなか見つからないはずだよ。それにきっと、晴樹との結婚にも賛成してなかったんだね」

「まあ、付き合っている相手が他の男と結婚するのに賛成する奴はいないよな」

「だから、松崎さんってあんまり協力的じゃなかったんだ。美麗になる必要はないとか言うから変だと思っていたんだよね」

それに美麗は絶対に晴樹と結婚しないとも言っていた。彼は最初から、最後に美麗と入れ替わらせる気などさらさらなかったということだ。

「むっかつくー！　何か松崎さんの掌の上で踊らされていた気分になってきた！　一発殴らないと気が済まない！」

「落ち着け」

ぽんぽんと背中を撫でられるが、思わず唸り声を出してしまう。

そんな実羽を宥めながら、晴樹は話を続けた。

「そもそも、今回の結婚話は俺と実羽にということだったらしい」

「……は？」

「松崎は、先代から実羽の結婚を頼まれていたので、ちょうどよかったんだそうだ」

実羽は大きく口を開けたまま固まってしまう。

どういうことなのかと、晴樹の次の言葉を待った。

「松崎が言うには、亡くなった宮島幸太郎は次男の忘れ形見である実羽を生前、心配していたらしい。祖父だと名乗って引き取ることも考えていたそうだが、お前の祖母に断られた。次男を家から追い出した負い目があることから強引なこともできず、それなら信頼できる友人の孫に託そうと俺との結婚話を纏めている最中亡くなったんだと。幸太郎が俺の結婚相手を指名する前に亡くなったんで一旦宙に浮きそうになったんだが、錬太郎が幸太郎の孫娘は美麗一人しかいないと言って、進めてしまった。だから、お前が美麗の身代わりなんじゃなくて、美麗がお前の代わりだったってわけだ」

　実羽は、怒るべきか呆れるべきかわからず、項垂れた。

　もし伯父夫婦が余計なことをせず、実羽のもとに結婚話が来ていたら、こんな複雑で面倒くさいことにはならなかったというのに。

　最初は晴樹に反発し、喧嘩ばかりしていたかもしれないが、最終的にはうまく収まったような気がする。

「それで松崎は焦って美麗を匿い、代わりに本来の相手であった実羽を引っ張り出したみたいだ」

「それって、安易じゃない!?　すっごい安易じゃない!?」

　そもそも、それならそうと松崎も言ってくれたらいいのだ。そうすればこっちにも対応のしようがある。

　実羽は何度目かのため息をついた。

「俺も同じことを松崎に言ったよ。まあ、奴も錬太郎に逆らうわけにはいかなかったんだろうな。実羽がどんな反応をするか予想できなかったというのもあるし。で、俺はどうやって実羽にこの件を引き受けさせたのか聞いたんだ」

「……そうなんだ。でも、絵はもう……」

「それも、松崎から聞いている。あれは嘘だ」

「う、そ……？」

晴樹は松崎と話した後すぐに、絵の確保を頼んだ。それを受けて、美麗が自分の手元に置くと言ったらしい。盗難にあったことにして絵を移動させていたところに、実羽が乗り込んだということだ。

美麗が『しばらく待ってちょうだい』と言った理由が、実羽はようやく理解できた。

「だから、絵は大丈夫だ。それに、俺は宮島美麗とも対面した。もちろん宮島錬太郎ともな。簡単に言えば、入れ替わりの件を持ち出して今回の婚約話をなかったことにした」

「ざっくりした説明ね」

晴樹は苦笑しながらもう少しだけ詳しく教えてくれた。

嘘をついていたことを理由に、今後晴樹とかかわりを持たないことを伯父に約束させたらしい。晴樹は実羽と結婚するつもりだと宣言し、実羽にも手を出さないと誓わせた。ついでに、ちゃっかり美麗も好きな男と結婚すると告げたようだが。

晴樹はどうやら今回の件以外にも伯父の弱みを握っているようだ。けれど、実羽はそれ以上の追及をしなかった。何より聞くのが怖い。

「そう、あの、一つ聞いてもいい？」

「何だ？」

「私、大倉の親族会やパーティーにも美麗として出席したじゃない。その辺りはどうするつもりなの？」

「そうだな。婚約者の実羽が体調を崩していたので、従妹（いとこ）の美麗に付き合ってもらっていたとか、実羽との婚約に妨害を受けていたため、美麗に手助けしてもらってたとか。まあ、いくらでも話は作れるから、問題ない」

晴樹がそう言うのなら、任せておけば大丈夫ということだろう。

もし、誰かに聞かれたら、その時はその時だ。おいおい考えていけばいいし、これから長い間晴樹と一緒に生きていくのだ。たった三ヶ月程度のこと、すぐにみんな忘れてしまうに違いない。

一気に多くの話を聞かされているので、実羽はだんだん頭が痛くなってきた。

「最後に一つ。俺の両親には全部説明した。ついでに祖父にもな。実羽との結婚の了承は得てるから安心しろ」

「……そ、っか……ありがとう」

晴樹の両親に嘘をついていたことがとても心苦しかった。一度会って、きちんと謝罪しなければならない。そして改めて、実羽として挨拶がしたい。

「ああ、そうだ。ちょっと待ってろ」

晴樹は優しく実羽の頭を撫(な)でてリビングを出ていった。

実羽は、ソファに体育座りをしながら、本当にこれが現実なのかとぼんやり考える。

いろいろなことがありすぎて、理解が追いつかない。

まるで夢物語の中にいるようだ。

起きたら家のベッドの上でしたなんてことになったら、ショックで死んでしまいそうだ。

リビングに戻ってきた晴樹は、手に大きな荷物を持っていた。それを目の前に差し出される。

布を被(かぶ)った四角いそれを実羽は見たことがあった。心臓が掴まれるような気持ちになる。

晴樹に視線を向けると目尻を下げながら頷(うなず)いてくれた。

震える手で布を取る。

そこには父の形見の絵があった。

実羽の目に涙が零(こぼ)れる。

晴樹とこうして再び一緒にいられることだけでも嬉しいのに、これほどの幸福を与えられてもいいのだろうか。

それもこれも、晴樹が実羽のために頑張ってくれた結果だ。

「おか……ぁさん」

絵に描かれた女性をそっとなぞり、呟く。

「お前の母親なのか？」

「うぅっ……」

実羽は何度も首を縦に振った。

この絵の中に描かれている女性は母だ。父が母と初めて会った時を思い描いた。

父にとって母は真っ暗な世界の中に現れた光り輝くたった一人の存在だったそうだ。

だからこの絵のタイトルは〝夜空の花〟という。

「は、るき……、ありがとう……あり、がとうっ」

泣きっぱなしの実羽の頭を晴樹が自分の肩に押しつける。彼は何も言わないけれど、

その温もりに実羽は慰められた。

ひとしきり泣いた後、実羽はこの絵をどうするべきか悩んだ。手元に置いておきたいが、布を被せてしまってしまうのはもったいない。

「これ、どうしよう？」

身体を揺らしながら考えていると、晴樹から提案された。

「リビングに飾ればいいんじゃないか？」

「え、あんな和風の家に飾ってもバランスが」

「馬鹿、ここのリビングの話だ」

「え？　晴樹の家にあったら、私があまり見られないじゃん」

実羽がそう言うと、晴樹は再び「馬鹿……」と言う。

ようやく実羽は晴樹の言いたいことがわかった。

「引っ越し……、いつすればいい？」

「……今月中だ。それまでに引っ越し。で、お前の実家どうするんだ？　人が住まなくなった家はすぐに駄目になるぞ」

晴樹は少し不貞腐れた顔でそう言った。

「今月中なんて急だよ。祖母の持ち物の片づけだって終わってないし、あの家がなくなっちゃうのは寂しい」

「お前が必要なものだけを運び出して、それ以外は処分する。もしどうしても取っておきたいってものがあるんだったら、どこか倉庫を借りればいいだろう」

倉庫と聞いてさすが金持ちと、実羽は苦笑した。

「それに、家を売りたくないのなら、貸したらどうだ？　ある程度リフォームはしなきゃならんだろうが、家自体は残る」

「リフォームかぁ……」

古い家だがリフォームすれば住んでくれる人はいるだろう。

けれど、貸してしまえばその家はもう実羽の家ではなくなってしまう。

それならいっそのこと売りに出してしまったほうがいいような気がする。

なかなか結論は出なかった。

「ふわぁっ……」

知らず、あくびをしてしまう。

「眠くなってきたか？　そういったことはゆっくり考えればいい。今日はもう寝るぞ」

「ん……」

実羽はもう疲れ切っていた。

言われるまま大人しく寝室へ向かい、晴樹と軽く口づけをした後にぐっすりと眠った。


次の日からばたばたと忙しい日々が始まった。

いろいろと悩み考えて家は売りに出すことに決める。

思い出は自分の中にたくさんある。それだけで十分だ。

必要なものだけ晴樹のマンションに送り、今は彼のマンションから会社に通っている。

美麗として晴樹に買ってもらった服は、気に入ったもの以外処分した。新たに買ってもらった服があるので問題はない。

「あぁああ、遅刻する！　てか晴樹今日遅くない!?」

「俺は今日午前中に人と会った後、会社に行くから余裕があるんだ」

朝急いで支度を済ませ玄関でパンプスを履く。余裕綽々で笑っている晴樹に少し腹が立った。

「行ってこい。夜はどこかに食事に行こう」

「ん、いってらっしゃいのちゅーして」

「しょうがないな」

時間はなくても朝の触れ合いは大事だ。

他人に見られる心配もないし、実羽も恥ずかしい言葉をすらすら言える。

晴樹に口づけをしてもらうと、なぜか舌が口腔に入り込んできた。逃げようとすると腰と後頭部を掴まれて、ちゅるちゅると舌を吸われる。

数秒後、満足そうに晴樹が唇を離した。

「馬鹿！　誰がべろちゅーしろって言ったのよ！」

「はは、遅刻するぞ」

「もう！　帰ったら覚えておきなさいよ！」

マンションを飛び出して、実羽は駅まで小走りで向かった。

梅雨の空はもうすっかり秋空に変わり、その面影はない。たった数ヶ月で人生が変わるということが世の中にはあるようだ。

いつか彼に子どものころの夢の話ができればいいなと思う。それが現実となれば幸せだ。

実羽は足を止めて空を見上げた。

心の中で両親と祖母に「私は幸せです！　これからも晴樹と一緒に幸せになるよ！」と報告する。

晴れ渡った空には雲一つなかった。

書き下ろし番外編

朝雨に傘いらず

彼と出会ってから一年。

実羽として彼の傍にいるようになってから九ヶ月。

気がつけばそんなに月日が経っていたのかと感慨深い。大人になればなるほど、一年という時間が短くなっていく。

結婚式まであと一週間ちょっとに迫った日。

実羽はオーダーメイドのウェディングドレスを最終チェックしていた。

既製品でいいと思っていたのだが、晴樹が当たり前のように発注していたのだ。しかも有名なデザイナーに。

いくらかかるのだろうかと不安になりつつも、こういうのはもはや楽しんだほうがいいと頭を切り替えた。

「瀬尾様、少しお痩せになりました？」

「え？　そうですか？　そんなつもりなかったんですが」

「少しだけですから、問題はありませんが。これ以上お痩せになるのならウェストをお詰めしたほうがよろしいかと」

「あー、大丈夫です。この体重キープしますから」

「承知いたしました」

最近少し食欲がないせいだろう。

いろいろ考えてしまうと、どうも食が進まない。

晴樹と一緒にとっている夕食は、彼に心配かけまいと頑張って食べているが、それ以外の食事は結構おざなりだった。これではいけないので、しっかり食べなければ。

ただ、食べ過ぎると今度はウェディングドレスがキツくなってしまうので、そのあたりは調整しなければならない。

できるだけ、結婚式の日は綺麗でいたい。

そんな実羽の気持ちを知ってか知らずか、晴樹は忙しそうに仕事をこなしている。

結婚式とハネムーンで休暇をとることを考えればできるだけ仕事を終わらせたいということなんだろうが、せっかくの準備を一緒にできないのは何だか悲しくなってくる。

試着を終え、プランナーと打ち合わせをしてから帰宅し、夕食を作る。

夕食を作り終えたところで、晴樹から友人たちが独身最後のパーティーを開いてくれることになったので帰りが遅いと連絡が入った。

「んもう！　そういう連絡は早めにしてくれなきゃ困るのに」

急遽決まったようだから、仕方ないと思いつつも、せっかく作ったのにと唇を尖らせる。

ラップをかけて冷蔵庫にしまい、一人もそもそと食事をした。

やはりあまり食欲は湧かなかったが、これ以上は痩せられないと無理矢理口の中に入れた。

晴樹が夜中の十二時になっても帰ってこないので、実羽は先に寝る支度を済ませベッドに寝転がった。

今日だって、仕事をしてからウェディングドレスの試着にプランナーとの打ち合わせをこなした。忙しい時間を過ごしたというのに、なぜこうも眠気がやってこないのだろうか。

寝たいと思えば思うほどに寝られなくなる。

うとうとと眠気がやってきたころ、玄関からガタンという音がした。

「ひぃっ」

びっくりして目を覚まし、おそるおそる部屋の扉を開けた。

すると小さな声で話しているのが聞こえてきた。

「おい、晴樹起きろって」

「誰だよ、こいつにこんだけ飲ませたの」

「お前だろ！」

実羽はそろりと玄関へと向かい、そこにいた二人の男性に声をかける。

「あのお」

「あ、すみません。起こしましたか」

「いえ、お気になさらず」

「えーっと、こいつどこ連れていきます？」

「そうしたらソファにお願いします」

男性二人に連れて帰ってこられた晴樹はべろべろに酔っ払っていた。爆睡しているらしく、全く起きる気配がない。

「すみません。飲ませすぎたみたいで、寝たところで連れて帰ってきたんです」

「いえ、ありがとうございます」

二人を見送ってから、実羽はぐーすか寝ている晴樹を見てため息をついた。友人たちが開催してくれたパーティーだからといって飲みすぎだ。これでは、明日は二日酔い確定ではないか。

ベッドまで連れていってもらおうかと思ったが、第三者を寝室に入れるのはやはり憚（はばか）られた。

かけ布団を持ってきて彼にかけようとした時、彼のシャツの胸元に口紅がついていることに気がつく。

「何これ……」

実羽はモヤモヤして、かけ布団を投げつけてベッドにもぐった。

翌日、晴樹に謝られたが、ぷいっと顔を背けてしまう。

どうにも、許せないという気持ちが勝ってしまっている。

その日と、翌日の二日目も同じように彼のことを無視する。

普段会話をしながらとる夕食も、今はとても静かだ。

晴樹は眉間に皺を寄せながら食事を進めている。それもそのはずで、今日の夕飯は晴樹が嫌いなものオンリーだ。だというのに、黙って食べる彼もすごい。

「いつまで怒ってるんだ」

「……」

「何もなかったって言ってるだろ」

こんなことで怒ってどうすると思いながら、モヤモヤは消え去ってくれない。

パーティー自体が悪いとは思っていない。当たり前だが、知り合いも多いわけではない実羽に参加する権利はないし、そもそも常に監視しているわけにもいかない。晴樹が自由に楽しんでくれればいいとは思っていた。

だからといって、夜中にべろべろに酔っ払って帰宅したあげく、シャツに口紅をつけていいとは言っていない。

しかも性質が悪いのは、そのことをいっさい覚えていないという点だ。

実羽は黙々と夕飯を食べ、洗い物をした。

晴樹がこちらをちらちらと見ているが、全部無視する。

「お前な、いい加減にしろよな」

「何をいい加減にしろって？　無視すること？　不機嫌なこと？」

「どっちもだよ」

「元はと言えば晴樹がちゃんと、しっかり、してない、からでしょ！」

言葉を句切りながら、実羽は晴樹の胸と胸の間の部分を人差し指で押していく。

「だから、悪かったって。あの後、シャツに口紅つけたやつとも話したけど、ぶつかってついただけだって。何なら防犯カメラのチェックもするか？」

「しない」

やましいことをしていないという証拠が欲しいわけではない。

自分でもなぜこんなにも苛立っているのかがわからない。

不安が押し寄せてくるのを、晴樹に八つ当たりすることで誤魔化しているのか。

どちらにせよ自分が最低なことをしている自覚はあった。

ただ、どうしても気持ちの収拾がつかないのだ。

「マリッジブルーか」

晴樹が全てわかっているぞという笑みを浮かべながら告げる。

その言葉でここ最近ずっとイライラしたり、ネガティブなことばかり考えたりしていることが腑に落ちた。

「……そっか、これがマリッジブルー」

晴樹にそっと抱きしめられ、背中を優しく撫でられる。

「何が不安だ？　まあ、不安だらけだろうけどな」

「どうしてわかるの」

「そりゃあ、自分が愛してる女のことだからな。と、言いたいところだが笹川の助言だ。相談する相手が身近にいない実羽が、自分が今まで生きてきたところは違う世界で生きていくことになるんだ。それはお前にとって、逃げ場のないところだ」

実羽には身寄りがもういない。これから先、家族になるのは晴樹だけだ。

もちろん晴樹のご両親たちだっているが、何でも相談できるわけではない。

逃げ帰る場所も、甘え切って相談できる人もいない。

それが自分でも気づかないほどにどれほど不安だったのか、怖かったのか。

「今回のことだって俺はあいつらを知っているし、信用している。けど、実羽から見れば俺の友人というだけで、信用できるのかどうかは別だ。俺にとって不利なことは黙っているだろうし。けどな、俺は絶対実羽を裏切らない。それだけは信じてほしい」

実羽は応えるように、彼の背中に手を回しぎゅうっとシャツを握る。

彼女にとって晴樹は誰よりも信じられる人であり、彼だからこそこの道を選んだのだ。

不安や葛藤（かっとう）は一生涯付き纏（まと）うだろう。

それでも、彼の隣で笑う自分でいたい。

「ちょっと待ってて」

実羽は晴樹から離れ、クローゼットの奥にしまっていた作文を取り出す。

それを持って、リビングに戻り二人でソファにかけた。

「これ、小学生のころの作文」

「へえ、まだこういうの残してるんだ」

「きっと晴樹のも残ってるよ」

「……そうだな」

晴樹は作文を読み始める。

小学生らしい読みにくい字だ。

「これが実羽の夢？」

「そ、私の夢。お互いが思い合って尊重し合える夫婦でありたい。晴樹だから結婚したいと思ったし、晴樹とだから一緒に生きていきたいと思った」

「そう、か」

実羽の真摯な言葉に、晴樹は視線を下に落とし指を目頭にあてた。

「……晴樹？」

不思議に思った実羽が、晴樹の顔を覗き込む。

小さく鼻を啜る音がした。

けれど顔を上げた彼の目には涙は溜まっていない。

「ありがとう」

晴樹に今度は強く抱きしめられる。実羽も同じだけの強さで抱きしめ返した。

彼の手が実羽の服の裾から入り込み、素肌を撫でる。

「ん、ちょっと」

「いや、最近お預けだったから」

確かに、結婚式の準備で忙しかったのもあるし、実羽のマリッジブルーのせいで彼のことを無視していたりもしたので、しばらくキスもまともにしていなかった。

「キスしていいか？」

その言葉に、実羽は自ら自分の唇を彼の唇に押しつけた。

彼の首に両腕を絡ませながら、晴樹の下唇を軽く噛んでみせる。

「煽るのうまくなったな」

「先生の教え方が上手だから」

「ほー、先生か。ほー」

「え、そこにスイッチ入るの？」

何だか楽しくなってきてしまう。

実羽自身、自分がとても単純な生き物だと思う。

彼が理解を示してくれた。裏切らないとはっきりと言葉にしてくれただけで、こんなにも心が軽くなってモヤモヤも吹き飛んでいってしまう。

そんなことを考えていると、痺れを切らした晴樹が実羽の唇を奪う。

触れ合う唇に、絡まり合う舌。

彼の肉厚な舌が、口の中を蹂躙していく。

頬の裏や歯列を舐められる。

「舌、出して」

言われた通り、舌を外に出すとその舌をちゅうちゅうと吸われる。

「……ベッド行くか」

「うん」

ベッドへ二人で行き、急くように服を脱ぎ捨てお互いを求め合う。

久しぶりの行為に、夢中になって我を忘れていく。

身体を重ねるごとに、彼が自分の半身なのだと不思議だがそう思う。

相性がいいというだけなのかもしれないが、それはとても大事なことだ。

何度しても貪欲に欲しくなってしまうし、身体が疼いてしまう。

彼のものを受け入れながら、その熱に溶かされていった。

＊＊＊

結婚式当日。

あいにくの雨だ。

晴樹がオーダーしてくれたウェディングドレスを身に纏い、窓から外を眺める。

真っ白なマーメイドラインのウェディングドレス。

着心地がよく、オーダーメイドだけあって身体にぴったりだ。

「本当に綺麗だよ」

「香代、ありがとう」

「もし、どうしようもなく辛いことがあったり、逃げたくなったりしたら、私のこと思い出してね。絶対守ってあげるから」

香代が実羽の手をぎゅうっと握り、涙目で語ってくれる。

こうやって心配してくれて、泣いてくれる友達がいることに感謝しよう。

「それじゃあ、私チャペルに行ってるね」

「うん、後でね」

現役社長との結婚式だが、今日の式は身内だけだ。

そのため出席者はとても少ない。

晴樹が実羽のことを考えてくれた結果で、外向けのパーティーは後日開くことになっている。何百人という規模だと聞いて、正直耳を疑った。

それを考えると、こうして結婚式だけでも少人数でやってもらえるのは嬉しい。

今日来てくれているのは晴樹の両親と祖父、彼の秘書の笹川と春日井に彼の友人の神楽坂。それに実羽として彼の婚約者になってから仲よくなった牧瀬夫婦。

実羽の友人の香代と旅行先で出会い晴樹とすれ違った時に話を聞いてくれた老紳士の古戸森夫婦、そして松崎と美麗だ。

晴樹と婚約をしてからすぐのころ、松崎と美麗は結婚した。今では生後半年になる男の子もいる。ここ最近では美麗とも従姉妹として過ごすことも多くなった。

あのころは美麗と普通に話せる日がくるとは思いもしなかった。

スマホで従甥の写真をみる。

「はーい、実羽」

「美麗！」

「チビを旦那に任せて会いにきたわ」

「今ちょうど写真見てたとこ」

「結婚式にまで、うちのチビ見なくてもいいと思うんだけど」

「何というのか、落ち着くというか」

「緊張してるのね」

「そりゃ、そうでしょ」

化粧を似せなければほとんど似てるとは思えない実羽の従妹（いとこ）。

決していい出会いではなかったし、甘えられる家族でもない。

それでも、少しずつはいい関係を築くことができていると思う。

「美麗の結婚式は派手だったよね」

「一応ね。既成事実作って、親の決めた人とは結婚しなかったら。これぐらいはね」

そう、美麗は松崎と結婚するために強硬手段をとった。

家を出て駆け落ちをすることも考えたらしいが現実的ではないし、捜されて見つかったら面倒くさいということで、既成事実を作る方向にしたらしい。何とも豪胆（ごうたん）だ。

「最初はうるさかったけど、チビ生まれたら両親も落ち着いた」

「そっか……」

美麗とは結婚式に呼ぼうと思えるぐらい関係は修復したが、美麗の両親とは変わらず決裂状態だ。さすがに、あの人たちと関係を修復しようとは思えないが。

「と、そろそろ時間か。それじゃあ」

「うん。ありがとう」

マリッジブルーになった時、自分には甘えられる家族はおらず逃げ場もないと思っていた。そんなことはないと思い出させてくれる瞬間だ。

悲しいことがたくさんあった。

なぜ自分だけこうなのかと思ったこともあった。

けれど、こうして大切にしたいと思える人がいて大切にしてくれる人がいる。

何て幸せ者なんだろうか。

目尻に溜（た）まった水を指で軽く弾（はじ）いた。

スタッフに呼ばれ、チャペルへと向かう。

小さなチャペルに、雨音。これはこれでまた素敵だ。

バージンロードのエスコートは老紳士の古戸森が引き受けてくれた。

晴樹と婚約者になってから、たくさんのパーティーに行った際に、彼と三度目の再会を果たしたのだ。実羽は知らなかったが、大手企業の会長だったらしい。

それ以降、交流が始まってこうして結婚式にも参加してもらっている。

扉が開くのを待ちながら、実羽が古戸森に声をかける。

「あいにくの雨でした」

「そうだねぇ。じゃあ、そんな実羽さんにヨーロッパのことわざを教えてあげようか」

「ヨーロッパのことわざ?」

「Mariage pluvieux, Mariage heureux」

「ま、マリ?」

あまりに流暢で、実羽はうまく聞き取ることができない。

「Mariage pluvieux, Mariage heureux. 意味は〝雨の日の結婚式は幸福をもたらす〟」

「幸福を……もたらす」

「そ、君は幸せになるよ。このじじいが保証しよう」

古戸森は片目を瞑ってみせた。

「ふふ、ありがとうございます」

決して雨が嫌いなわけではなかった。

晴樹と出会ったのがこの季節だからだ。

だからこそ、この季節に結婚式をすることに決めた。

扉が開き、真っ白なチャペルの先で同じく真っ白なタキシードを着た晴樹が待っている。

一歩ずつ静かに彼のもとへと連れていってもらう。

「古戸森さん、このたびはありがとうございました」

「実羽さんに頼まれたらね。晴樹くん、彼女と幸せにね」

「はい」

彼の手をとって、階段を上(のぼ)る。

これは始まりであって、終わりではない。

自分の夢を叶え続けるためには、お互いの努力が必要だ。

こちらを見て、目尻を下げる晴樹と視線が合う。

それだけで、きっと大丈夫だと思えた。

「綺麗だ」

「晴樹も格好いいよ」

宣誓し、誓いのキスを交わす。

チャペルを出ると、雨がやんで青空が広がり虹がかかっていた。

「実羽のおばあさんもご両親もきっと見てるよ」

「うん……。そんな気がする」

結婚に憧れているものの、真面目すぎて恋ができない舟（しゅう）。ある日彼女は停電中のマンションで、とある男性に助けられる。暗くて顔はわからなかったけれど、トキメキを感じた舟は、男性探しを開始！　ところが彼が見つからないばかりか、隣の住人が大嫌いな同僚・西平（にしひら）だと知ってしまう。しかも西平は、なぜか舟に迫ってきて——!?

B6判　定価：本体640円+税　ISBN 978-4-434-25550-2

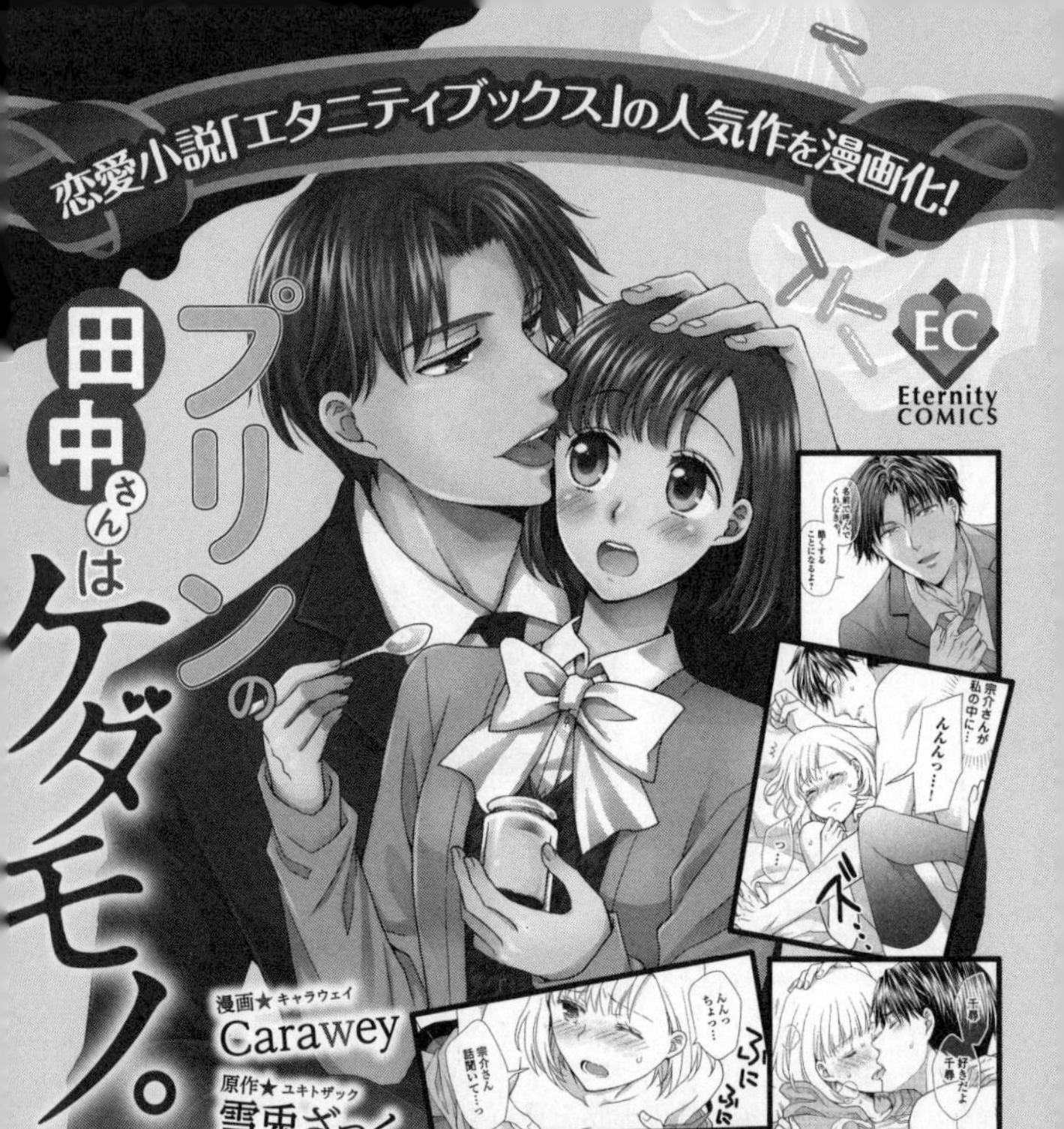

恋愛小説「エタニティブックス」の人気作を漫画化!

プリンの田中さんはケダモノ。

EC Eternity COMICS

漫画★キャラウェイ
Carawey

原作★ユキトザック
雪兎ざっく

人の名前を覚えるのが大の苦手なOLの千尋。そんな彼女が部署異動させられて、さあ大変！ 異動先の同僚たちはみんな、スーツ姿の爽やか系で見分けがつかない…。そんな中、大好物のプリンと一緒に救いの手を差し伸べてくれる男性社員が現れた！　その彼を千尋は『プリンの田中さん』と呼び、親睦を深めていった。でもある時、いつもは紳士な彼が豹変して――!?

B6判　定価：本体640円＋税　ISBN 978-4-434-26768-0

恋愛小説「エタニティブックス」の人気作を漫画化！
EC Eternity COMICS
無口な上司が本気になったら
漫画＝渋谷百音子
原作＝加地アヤメ
覚悟しといて
でもここ もうこんなに 濡れてるよ
やっぁ……なんか おっきい……っ
イベント企画会社で働く二十八歳の佐羽（さわ）。恋より
ょっぴり仕事を優先する生活を送っていた
――同棲中の彼氏が出て行ってしまった！ 突然
出来事に佐羽は落ち込み、仕事もうまくいかなく
ってしまう。しかしある日、憧れの元上司である
林優弥（れんばやしゆうや）から飲みに誘われる。彼は、佐羽が彼氏に
ラれたことを知ると、普段の無口な態度を一変さ
肉食モード全開で溺愛宣言してきて――？
6判　定価：本体640円+税　ISBN 978-4-434-26737-6
無口な上司が本気になったら
渋谷百音子
加地アヤメ
上司の本性は
エタニティCOMICS
キケン！な肉食系！？

本書は、2016年12月当社より単行本として刊行されたものに、書き下ろしを加えて文庫化したものです。


この作品に対する皆様のご意見・ご感想をお待ちしております。

おハガキ・お手紙は以下の宛先にお送りください。

【宛先】

〒150-6005 東京都渋谷区恵比寿4-20-3 恵比寿ガーデンプレイスタワー5F
(株) アルファポリス 書籍感想係

メールフォームでのご意見・ご感想は右のQRコードから、
あるいは以下のワードで検索をかけてください。

ご感想はこちらから

エタニティ文庫

嘘(うそ)から始まる溺愛(できあい)ライフ

有涼 汐(うりょう せき)

2020年1月15日初版発行

文庫編集－熊澤菜々子・塙綾子
発行者－梶本雄介
発行所－株式会社アルファポリス
〒150-6005 東京都渋谷区恵比寿4-20-3 恵比寿ガーデンプレイスタワー5F
TEL 03-6277-1601（営業） 03-6277-1602（編集）
URL https://www.alphapolis.co.jp/
発売元－株式会社星雲社
〒112-0005 東京都文京区水道1-3-30
TEL 03-3868-3275
装丁イラスト－朱月とまと
装丁デザイン－ansyyqdesign
印刷－中央精版印刷株式会社

価格はカバーに表示されてあります。

落丁乱丁の場合はアルファポリスまでご連絡ください。

送料は小社負担でお取り替えします。


ISBN978-4-434-26873-1 C0193